離婚を申し出たら、政略御曹司に二十年越しの執着溺愛を注がれました

marmaladebunko

水十　草

JN031948

マーマレード文庫

目次

離婚を申し出たら、政略御曹司に二十年越しの執着溺愛を注がれました

離婚を申し出たら、政略御曹司に
二十年越しの執着溺愛を注がれました

プロローグ

今朝はオフィスの空気がそわついている。

佐藤栞《さとうしおり》も例外ではなく、なかなか仕事に集中できない。いけないと思いつつ、幾度も腕時計や出入り口に視線を走らせてしまう。

「なんだか、落ち着きませんね」

後輩の上田麻衣《うえだまい》に話しかけられ、栞は少し緊張した笑みを浮かべた。

「ええ。出向社員の受け入れなんて、初めてだから」

「佐藤さんもですか？」

「も、って上田さんより、四年くらい長く勤めてるだけでしょう？」

栞は今年二十八歳。住宅総合メーカーとして有名なミエラハウスに入社し、広報部に配属されて五年になるが、まだまだ若輩者だと思っている。

就職活動中は多くの企業を訪問したけれど、最終的にミエラハウスを選んだのは、純粋に人々の住環境を支える企業として魅力を感じたから。

父親の清司郎《せいしろう》が代表取締役だから、ではない。

清司郎には手心を加えないよう頼み、公正な採用選考を通じて内定をもらった。入社してからも、栞は一般社員として普通に勤務しているので、彼女が社長令嬢だと知る人間は経営幹部だけだ。

「そうでした」

麻衣がてへっと笑って続ける。

「佐藤さんって、古参の風格があるんですもん。仕事は早いし丁寧だし、誰からも頼りにされて、意見も的確だし」

「……褒めてくれてるの？」

「当たり前じゃないですか」

そこで急に声を潜《ひそ》めると、麻衣はそっと栞に耳打ちする。

「今じゃ主任より全然頼りになるって、皆言ってますよ」

栞が話題の人物、風見淳《かざみあつし》に顔を向けると、欠伸《あくび》をしながらディスプレイを眺めている。彼は栞より二年先輩だが、最近仕事への意欲を失っているようだ。

同期が先に出世して、落ち込む気持ちはわからなくもないが、あまりに無気力だと周囲にも悪影響だ。せめて主任としての威厳くらいは保ってほしい。

「それ、本人に言わないでね。最近モチベーション下がってるみたいだから」

「さすがに本人には言いませんよ。でも主任があんな調子だし、今日来る人はデキる人だといいですね」

「心配しなくても、デキる人だと思うわよ。よりにもよって、ミエラエレクトロニクスから出向してくるんだから」

大手電機メーカー、ミエラエレクトロニクスの住宅事業部が、ミエラハウスの前身だったというのは業界じゃ有名な話だ。

かろうじて会社名にその名残を留めてはいるけれど、今では両社に直接資本関係はなく完全な別会社になっている。

「まさか、って感じですよね？　過去にいろいろあったのに……」

麻衣が首を傾《かし》げ、栞は深くうなずく。

「本当に、ね」

数十年前、赤字を理由に切り捨てられたミエラハウスを立て直し、苦労して成功に導いたのは栞の祖父や父親だ。彼女はそんなふたりをとても尊敬している。

だからこそ、栞にとってミエラエレクトロニクスは因縁《いんねん》の企業で、無論いい印象を持っておらず、今回の人事異動についても少々複雑な感情を抱《いだ》いていた。

「皆こちらに注目してくれるか」

麻衣との会話に夢中になっていたせいか、気付かぬうちに部長が出向社員を連れてオフィスに入ってきていた。

「本日付で広報部に配属になった、久賀《くが》君だ」

紹介された男性は、部長より頭ひとつ分背が高かった。信じられない位置に腰があり、モデルのように立ち姿が美しい。

「ミエラエレクトロニクスから出向して参りました、久賀壮吾《そうご》と申します。どうぞよろしくお願いいたします」

腹の底からズンと響く大きな声に、胸が揺さぶられた。男らしく頼もしい、人を安心させる声音《こわね》だ。

一礼して顔を上げた壮吾は、眉骨が高く、鼻筋も輪郭も整った美男子だった。サイドと襟足を短くカットした髪型もよく似合っている。

しかし壮吾から受ける一番強い印象は、高身長でも素敵な声でも、綺麗な顔立ちでもない。その瞳、だった。

吸い込まれそうに黒く艶《つや》めく双眸《そうぼう》が、長い睫毛に縁取られている。こんなに美しい瞳がこの世に存在するのかと思えるほどだ。

え、今、笑った？

見間違いかもしれないが、壮吾が栞だけに微笑んだ気がした。熱いまなざしが彼女に向けられ、ギュッと心臓を掴まれたような錯覚に陥《おちい》ってしまう。

どうしてこんな、勤務中なのに……。

動悸がして、胸が苦しい。まるで自分の身体じゃないみたいだ。

思わず目をそらすけれど、壮吾がまだ栞を見ているのがわかる。全身が火照《ほて》り、呼吸が浅くなっていく。

――大丈夫、気のせいよ。

自分に言い聞かせながら、思い切って顔を上げると、壮吾と目が合った。心を持っていかれそうな衝撃から、一転温かい何かで身体が優しく包まれる。

壮吾の視線は、なぜか懐かしい。初めて会ったはずなのに、栞への憧れや羨望といった気持ちを感じさせるのだ。

「佐藤さんっ。出向社員の人、めちゃくちゃ格好いいですね！」

麻衣に突然腕を掴まれ、栞は我に返った。彼女は見るからに興奮しており、よほど壮吾がタイプだったらしい。

「え、ええ、そうね」

栞が曖昧《あいまい》に答えると、麻衣はちょっと頬を膨らませる。

「もう、なんですか、その淡泊な感想。美人はイケメンに耐性でもあるんですか？」

美人、だなんて。

そういう評価は初めてではないし、嬉しくないわけではないけれど、栞自身はあまり真に受けないようにしていた。

広報という仕事柄清潔感は大事なので、意識して手入れはしている。相手に不快感を与えないことも、業務の一部だと考えているからだ。

しかしあくまで大事なのは、きちんと成果を上げて、仕事ぶりを認められること。容姿はそれを邪魔しない程度であればいい。

「表に見えている部分だけで、人を判断しちゃダメよ」

平常心を取り戻した栞の言葉に、麻衣が珍しく不満を顔に出す。

「頭ではわかってても、あんな目で見つめられたら、誰でも胸がキュンとなっちゃいますって。見てくださいよ、あのキリッとした濃い眉と、ぱっちりした大きな瞳……」

うっとりとした麻衣に、内心同意する部分もあったけれど、ここは先輩として注意するべきところだろう。

「私たちはここに仕事をしに来てるんだから。いちいちキュンとなってたら、業務に支障が出るわよ」

「そりゃあ、そうですけど」

「同じ部署とは言っても、久賀さんとチームを組むのは主任だろうし、ほどよい距離感を保っていきましょう」

栞がそう提案したところで、課長に名前を呼ばれた。麻衣との会話を中断して、デスクに向かうと予想外の話を切り出される。

「え、私がですか？」

「出向社員の受け入れは初めてだし、しっかりした人に久賀君をサポートしてもらいたいんだ」

それは淳がしっかりしていないと言っているのと同じだ。栞が彼のほうをうかがうと、眉間にしわを寄せてこちらを見ている。

「あのでも、同性のほうが久賀さんも気安いのでは」

「僕は全く気にしませんよ」

事情を知らない壮吾が、栞に微笑みかける。

間近で見ると、その笑顔はさらに衝撃的だ。清々しく爽やかで、栞の心を甘く密やかにくすぐる。

ついさっき麻衣を注意したばかりなのに、こんなことではダメ――。

自分で自分を律しようとするものの、胸の高鳴りは収まらない。会話に集中したくても、顔の赤さのほうが気になってしまう始末だ。

新しく来た人だから緊張しているのかもしれない。

普段は初対面の相手でも気後れすることはないのだけれど、壮吾は普通の新入社員とは違うから、気持ちを乱されているのだろう。

栞は不可思議な心の動揺になんとか説明を付け、穏便に断ろうと口を開いた。

「私は、その、まだ経験も浅いですし」

「ハハハ。広報部で一番優秀な人が、何を言ってるんだい。謙遜《けんそん》は美徳だと言うけれど、君はもっと自信を持っていい」

課長は壮吾の入社手続きに必要な書類を、渡してよこしながら続ける。

「佐藤さんも小耳に挟んでるんだろう？　久賀君の出向の意味を」

「えぇまぁ少しは」

ミエラハウスは戸建て住宅のイメージが強いが、土地オーナーを顧客ターゲットにした、賃貸住宅経営や不動産活用の事業も行っている。

戸建てレベルの居住性能を売りにした賃貸住宅は、耐震性や断熱性、防音性にこだわっており、高級感のあるデザインは入居者からの評判も高い。

しかし同業他社との戦いが熾烈《しれつ》になってきていることもあり、知名度の向上や新規顧客の獲得を目指して、今回ミエラエレクトロニクスとの事業協力の話が持ち上がった、と聞いている。

「ミエラエレクトロニクスには、最新の生活家電を提供してもらう。それをうちの賃貸住宅に標準装備する予定だ」

なるほど——。

家電付き賃貸として売り出すことで、物件そのものの価値を向上させ、賃貸住宅経営の安定に繋げていこうとしているのだろう。

なぜ畑違いの事業を行うミエラエレクトロニクスと？　と疑問に思っていたのだが、そういう理由があったのだ。

「家電の修理交換や使い方のサポートはミエラエレクトロニクスで、物件の管理業務やリフォームは従来通りうちが行う。この新サービスの成功が、賃貸住宅事業の行く末に大きく関わっているんだ」

課長の表情は真剣そのもので、この事業協力がミエラハウスにとって、重要な転換点になると強く意識しているのが伝わってくる。

ならば淳を差し置いての任命は困るなんて、些末なことを考えている場合ではない。ミエラハウスの一社員として、精一杯努めなければ。

「了解しました。ぜひ私にやらせてください」

真っ直ぐ課長を見て答えると、彼は満足そうにうなずく。

「ふたりには新サービス周知のための企画をどんどん出してもらいたいし、こちらも柔軟に対応していきたいと思っている。期待しているよ」

栞は課長から書類を受け取ると、壮吾に向かって頭を下げた。

「佐藤栞と申します。これからよろしくお願いします」

「こちらこそ、どうぞよろしくお願いします」

淳のこともミエラエレクトロニクスとの経緯も、今は一旦忘れよう。壮吾と共に頑張ることが、ミエラハウスの未来のため、なのだ。

第一章　忘れられない人

「こちらが久賀さんのデスクになります。専用のノートパソコンもご用意していますので、ご自由にお使いください」

壮吾のデスクは栞の隣になった。一緒に仕事をするにはいいけれど、なんとなく皆の視線が気になる。

淳は非難がましい様子だし（きっと栞が壮吾とチームを組むことになったせいだろう）、麻衣も羨ましそうな目でこちらを見ている。

「社内システムにログインするには、ＩＤと初期パスワードが必要です。この書類に書いてありますので、お渡ししておきます」

「はい」

「初回ログイン時には、パスワードの変更を求められます。ご自分で新しいパスワードの設定をしてくださいね」

「わかりました」

壮吾は真面目にメモを取りつつ、栞の説明を聞いている。今のところ彼に問題はないが、人間関係がややこしくなりそうで憂鬱になってしまう。

そうでなくても淳がやる気をなくしていて、彼のプライドを傷つけないようにフォローするのが大変だというのに。

「佐藤さん？」

栞が思い悩んでいたせいか、壮吾が心配そうに声をかけてくれる。配属されたばかりの彼を不安にさせるなんて、教育係失格だ。

「すみません」

慌てて謝罪した栞は、ぱらぱらとマニュアルの束を繰《く》る。

「ログインは……、していただいたんですね。専用のメールアドレス、も発行済みのようですので、出向中はそちらを使用してください」

「了解しました」

パソコンに強そうな人だから、マニュアルごと渡してしまったほうが早いかもしれない。壮吾も同じことを思ったのか、キーボードを叩《たた》く手を止めた。

「あの、システムについては自分で触ってみて、不明点があったら質問させていただく形でいいですか？」

「もちろんです」

「では先に、社内を案内していただきたいんですが」

「それ、は構いませんけど」

なぜ急にと思ったけれど、すぐに壮吾の配慮だとわかった。栞が居心地悪そうにしていることを、敏感に感じ取ってくれたのだろう。

「ありがとうございます。本社ビルは大きくて迷いそうだったので、どこに何があるか知りたかったんですよ」

壮吾は礼を言って微笑むと、パタンとノートパソコンを閉じた。

とても気配りのできる人なんだなと思う。周りがちゃんと見えていて、状況をよく読んでいる。

栞はこれまで、こういう男性に出会ったことがなかった。

中学から大学まで女性に囲まれていて、そもそも男性タイプのサンプルが少ないせいもあるだろうが、社会人になってからも壮吾のような人は初めて。

こちらが何も言わなくても、気持ちを察してくれるのだから、一緒に仕事をする上でこんなにやりやすいことはない。

壮吾のような人が部署にいてくれたら助かるし、正直ありがたい。いい人が来てくれて本当によかった。

「では、お願いします」

立ち上がった壮吾が、栞をじっと見つめた。しっとり濡れた黒い瞳に彼女の姿が映り込み、思わず息が止まる。

なんて愛おしそうに、栞を見るのだろう？

まるで栞に恋をしているみたいだ。壮吾はミエラハウスの仲間になったばかりで、そんなことあるわけがないのに。

「は、はい」

栞はとっさに下を向いてしまい、なぜこんな失礼な態度を取ってしまうのか、自分でもよくわからなかった。

壮吾の視線は不快どころか、むしろ慕わしい感じすらあるのに。これではまるで壮吾を男性として、意識しているみたいだ。

すごく、恥ずかしい――。

壮吾と共にオフィスを出ても、栞はまだ顔を上げられなかった。気持ちが昂《たか》ぶり、頬が熱いのが自分でもわかる。

これではいけない。栞は壮吾の教育係なのだ。

堂々としていなければ、壮吾からの信頼を得られない。静かに深呼吸し、気持ちを引き締めた栞は姿勢を正して歩き始める。

「ここは休憩スペースです」

オフィスから離れるにつれ、栞の気持ちも幾分落ち着いてきた。彼女はようやくいつもの調子を取り戻す。

「飲み物と軽食の自販機がありますので、小腹が空いたときなんかに活用してくださいね」

「スナック菓子とか、カップ麺の自販機があるのはいいですね。佐藤さんも利用されるんですか？」

「私はブラックの缶コーヒーを買うぐらいですね。できるだけ間食はしないようにしてるんです」

栞の答えに、壮吾が軽く相槌《あいづち》を打つ。

「節制されてるんですね。でも遅くまで残業してたら、お腹空きませんか？」

「どうしても食べたくなったときは、素焼きのナッツを食べてます。栄養価も高いし、タンパク質も豊富なので」

「へぇ、ナッツですか。健康的ですね」

壮吾が人懐っこい笑みを浮かべ、栞はまた顔をそらしてしまう。こんな可愛らしく笑うこともできるなんて、どこまで人をドギマギさせたら気が済むのだろう。

「でも腹減ってたら、ついついお菓子とか買っちゃいそうだなぁ」

並んだ自販機に視線を向けるのは、壮吾が空腹なせいかもしれない。腕時計を見れば時刻は十一時半。少し早いが社員食堂を案内するなら、混む前のほうがいいだろう。

「よかったら、そろそろランチにしませんか？」

「ぜひ」

栞が言い出すのを待っていたのか、壮吾はやけに嬉しそうだ。

「ミエラハウスの社員食堂って、安くて美味しいことで有名ですよね？　実はすごく楽しみだったんですよ」

「ありがとうございます。戸建て住宅をご希望のお客様は、家族団らんの時間を持ちたいと思ってらっしゃる方が多いので。社員にも誰かと一緒に食事をする幸せを、感じてほしいと考えているんです」

栞の説明を聞き、壮吾は感じ入ったようにうなずく。

「素晴らしい理念だと思います。社員食堂の充実を通じて、企業価値を高めていこうとされているんですね」

「はい。ただ食事をするだけの場所ではなく、コミュニケーションを図《はか》る空間と捉えていただけるといいと思います」

ふたりして食堂に向かうと、まだ人影はまばらだった。ディスプレイにはメニューだけでなく、カロリーや栄養素なども表示されている。

日替わり定食は魚と肉の二種類、他にはカレーと丼物、麺類が選べる。どのメニューを選んでも、サラダバーを利用できるのが嬉しい。

「今日は鶏肉のフォーにしようかな」

「じゃあ僕は、日替わりのチキン南蛮で。なんかメニューもお洒落ですね。うちにも社食はありますけど、麺類って言ったらうどんか蕎麦ですよ」

「もちろんうどんや蕎麦のときもありますよ。今日はたまたまです」

スタッフから料理を受け取り、景色のいい窓際の席に座る。壮吾は白米を大盛りにしてもらっており、身体が大きいだけのことはあるなと思ってしまう。

「いただきます」

手を合わせてひと口食べたところで、壮吾が「うまっ」と唸《うな》った。思わず声が出てしまったらしく、彼は恥ずかしそうに謝罪する。

「すみません、つい」

「いえ、喜んでもらえてよかったです」

「甘酢ダレとタルタルソースが絡んで、絶品ですね。やっぱりチキン南蛮はこうでなくちゃ。最近唐揚げにタルタルソースがかかっただけのも多いですから」

嬉々《きき》として白米を掻き込む壮吾の姿は、見ていて好感が持てる。これだけ美味しそうに食べてもらえるなら、作ったほうも嬉しいだろう。

「久賀さんって、すごく幸せそうに食べますね」

「美味い食事には敬意を払ってるんで」

栞がふふっと笑うと、壮吾は箸を置いて言った。

「やっと笑ってくれた」

「え？」

「ずっと眉間にしわが寄ってたから。あまり目も合わせてくれないし、嫌われてるのかと心配してたんです」

「そんなこと」

壮吾の顔が見られなかったのは、妙に鼓動が激しくなってしまうせいだ。自分でも上手く説明できないのだが、それは言い訳にしかならない。

「すみません、不快な思いをさせてしまって。社外の方だから、少し緊張していたんです」

深々と頭を下げた栞に、壮吾は軽く首を左右に振った。

「不快だなんて。ミエラハウスとミエラエレクトロニクスは、過去にいろいろありましたし、思うところがあるのかな、と」

壮吾のほうから、そんな話をしてくるとは思わなかった。彼には直接関係のないことなのに、こちらの心情を慮《おもんぱか》ってくれている。

「まったくないとは、言いませんが」

栞は正直に答え、すぐに言葉を続ける。

「今となっては昔の話ですから。久賀さんが責任をお感じになるようなことではありません。新サービスを行っていくには、両社の協力が不可欠だと思っていますし」

栞の話を黙って聞いていた壮吾は、安堵したような表情を浮かべた。

「そうですか、よかった。一緒に仕事をするのに、蟠《わだかま》りがあってはよくないですからね」

壮吾の言う通りだ。ミエラハウスという企業のためにも、過去に囚われず、未来志向で考えていかなければ。

「あれ、佐藤さんたちもランチ？」

声をかけてきたのは淳だった。トレーには、栞と同じ鶏肉のフォーがのっている。

「今日も混んでるね。よかったら」

「あ、それならここ座ってください。私もう食べ終わるので」

栞が最後のひと口をちゅるんと啜ると、なぜか淳は当てが外れたような顔をする。

「え、そ、そう？」

「じゃあ僕も」

壮吾もささっと食事を終えて、栞と共に立ち上がる。

「それでは私たちは、仕事に戻りますので。どうぞごゆっくり」

「あ、ありがとう」

淳をその場に残して食器を片付けると、壮吾が追いかけてきて言った。

「よかったんですか？」

「何がです？」

栞が不思議そうな顔をしたからか、壮吾は躊躇《ためら》いがちに答える。

「いや、一緒に食べたかったんじゃないかって」

「まさか。私と久賀さんがチームを組むことになったから、物申したかっただけですよ」

「そう、でしょうか？」

壮吾が首を傾げるので、栞は眉をひそめて苦笑する。

「あんまり先輩を悪く言いたくないんですけど、風見さんっていつもそうなんです。誰かに愚痴を言いたいみたいで」

「それは会話の糸口を探してるんじゃ」

「どういう意味です？」

栞が尋ねると、壮吾は何かを誤魔化すように目をきょろつかせる。

「いえ、あの、いつもってことは、よくランチをご一緒されるんですか？」

「誘われると断れないんです。最近は先んじて、後輩とランチするようにしてるんですけど」

「なるほど……」

壮吾は顎に手を当て、考え込む仕草をする。そんなに深刻になるような話をしただろうか。栞は状況がよく飲み込めないまま、ふたりでオフィスに戻ったのだった。


帰宅すると、お手伝いの辻敦子《つじあつこ》が迎えてくれる。長年佐藤家に仕えており、とても信頼の置ける女性だ。

「お帰りなさいませ、お嬢様」

「ただいま、敦子さん」

栞が靴を脱いで廊下に上がると、敦子がもったいぶって口を開く。

「旦那様が夕食を終えたら書斎に来るように、と」

「お父様、帰ってらっしゃるの？」

「はい。今日は昼過ぎに戻られました」

「そう……」

何かあったのだろうか。清司郎の帰宅が栞より早いのは珍しいことだし、改まって話をするなんてもっと珍しい。

「お母様は？」

「明日はお茶会に招かれているそうで、早くに休まれています」

母親の由美《ゆみ》が同席しないということは、仕事に関係のある話だろうか。清司郎は栞の業務には、あえて口を出さないようにしていたみたいなのに。

「わかったわ。私は着替えてきます。夕食の用意をお願いできる？」

「畏《かしこ》まりました」

敦子はキッチンに、栞は自分の部屋に向かった。

栞は佐藤家のひとり娘だ。幼い頃からずっと大切に育てられ、彼女自身それを自覚している。

大学進学や就職を機に、実家を出るという選択肢もあったけれど、ミエラハウスが建てたこの家が栞は好きだった。無垢の床材や漆喰《しっくい》の壁、国産の天然石などを取り入れた、和モダンの邸宅はとても過ごしやすく心地よいのだ。

それは栞の自室も同じだった。

オーク材のドレッサーと書き物机、檜の畳ベッドだけのシンプルな部屋。雪見障子からは苔《こけ》に彩られた日本庭園が見え、手水鉢が存在感を示している。

ミエラハウスで家を建てれば、どこよりも癒やされるマイホームが持てる。栞はそれを心から信じているし、お客様にも伝えていきたいと思ってきた。

だからミエラハウスが賃貸住宅事業に注力することには、ほんの少し違和感がある。

もちろん戸建て住宅事業は今後も続けていくだろうし、これまで培ってきた信頼があるからこそ新しい挑戦ができるのだとは思うけれど――。

今夜清司郎に呼ばれているのは、いい機会かもしれない。一度そのことについて尋ねてみよう。

栞はスーツを脱いで部屋着に着替えると、ダイニングに向かった。焼き魚と煮物の匂いが漂い、お腹が空いていることを思い出すのだった。

「失礼します」

夕食を終えた栞は、許可を得て清司郎の部屋に入った。彼はソファに腰掛けており、彼女にも座るよう促す。

「今日はお帰りが早かったそうですね？」

「あぁ。由美とゆっくり話したくてな」

お茶会のこと、ではないだろう。清司郎は由美の趣味に干渉する人ではない。いろんなことがいつもと違い、栞はもどかしい気持ちになる。

「どうかなさったんですか、お父様」

短い沈黙のあと、清司郎がおもむろに口を開いた。

「今日はミエラエレクトロニクスから、社員が出向してきたと思うが」

驚いた。一社員の動向を、清司郎が気に掛けていることにだ。

因縁のあるミエラエレクトロニクスからの出向だけに、代表取締役の清司郎でさえ気を揉んでいるのだろう。

「はい。久賀さんとおっしゃる方です」

「印象は、どうだ？」

清司郎が身を乗り出してきて、栞は目をパチクリさせる。普段落ち着き払っている彼らしからぬ態度だ。

「まだなんとも言えませんけど」

栞は戸惑いながらも、壮吾の姿を思い出す。不思議とノスタルジックな懐かしさを感じる笑顔が浮かび、彼女は赤くなった頬を隠すように目をそらした。

「気遣いの、できる方だと思います」

「それは好印象ということでいいのか？」

「どうして、そんなことを？」

「いいから答えなさい」

質問の意図がわからず、栞はまごついてしまう。

「ええ、はい」

「そうか……」

清司郎が胸を撫で下ろし、栞は思わず尋ねた。

「お父様が彼を気になさる理由はなんですか？」

「いや、うん」

清司郎は口の中でモゴモゴ言うばかりで、ハッキリしない。

「もしかして、ミエラエレクトロニクスとの協業を後悔なさっているのでは」

栞の言葉を聞いて、今度は清司郎が目を大きく見開いた。彼はすぐに笑い出し、大げさな身振りで否定する。

「まさか。願ってもない話だと思っているよ」

「でもかなり、思い切った経営判断をされたという印象ですが」

「これからは多角経営の時代だからね。変化する社会に対応しながら、ミエラハウスも柔軟に成長していかなければならない」

清司郎は真実を語っているように見えた。栞に建前を話す必要もないのだし、それが彼の本心なのだろう。

「過去のことを水に流す、お父様の器の大きさは尊敬しますけど」

「栞は納得していないのかい？」

今日壮吾にも同じようなことを聞かれた。よほど栞の顔に出ているのだろう。注意しなければと思うが、今は正直な気持ちを伝えるべきだ。

「本音を申し上げていいなら、今さらヨリを戻すようであまり……。ミエラハウスが成功していなければ、まとまらなかったお話でしょうし」

「気持ちはわかるよ。でも当時とは経営陣も変わっているしね。お互いにメリットがあるから、協力しようということになったんだ」

清司郎が栞を諭すのは、仕事への影響を考えてのことだろうか。彼女は彼を安心させるように笑顔を作って答える。

「ご心配なさらなくても、会社でこんなことは言いません。仕事に私情を持ち込むつもりはありませんから」

「それは心配していないが」

「久賀さんとも上手くやります。仕事上だけのお付き合いですし、私だって新サービスに魅力を感じていないわけではないんですよ」

これだけ言えば、清司郎も大船に乗ったつもりでいてくれると思ったのだが、むしろさっきより険しい顔をしている。

難しい表情で考え込み、顎を親指で擦《こす》るような仕草をする。

「お父様？」

「え、あ、いや、なんでもない。無理しないように頑張るんだよ。今日は久賀さんも来て疲れただろう、よく休みなさい」

「はい、わかりました」

栞は意識して明るく返事をしたけれど、清司郎は悩ましげな様子で遠くを見つめていた。

*

「おはようございます、早いんですね」

栞がオフィスに入ると、すでに壮吾が出社していた。いつも彼女が一番乗りなのに、彼はいつから来ているのだろう。

「おはようございます。僕は新入社員みたいなものですから」

壮吾はにこっと笑って、ディスプレイに視線を戻す。

「実際に業務を始める前に、資料に目を通しておきたくて」

昨日は業務の基本的な流れや社内の案内などをしていて、あまり踏み込んだ話ができなかった。きっと壮吾はとても真面目な人なのだろう。

清司郎に印象を聞かれたときは困惑したけれど、今のところ壮吾に悪い感情は持っていない。早朝から出社する仕事熱心さにも好感が持てる。

「この新サービス開始のプレスリリースの草案、佐藤さんが作成されたそうですね」

「ええはい」

「素晴らしいと思います。一方的なサービス説明にならず、どんな風に日々の暮らしが変わるのか丁寧に説明してある」

「ありがとうございます。事実関係だけ淡々と書いても、印象に残りませんから」

面と向かって壮吾に賞賛されると、なんだか照れてしまうが、彼は感心しきりでさらに続ける。

「しかも空き家や家電廃棄の増加など、社会問題と絡めてあって、ニュース性もありますよね」

「多くの方に身近な話題として、受け止めてもらいたいんですよ。ライフスタイルも多様化していますし、私たちが始める新サービスって、すごく社会のニーズに応えたものだと思っているんです」

「わかります。やっぱり引っ越してすぐ、生活をスタートできるというのは魅力的ですよ」

壮吾が我がことのように共感しているので、プライベートに踏み込むのはよくないと思いつつ尋ねてしまう。

「久賀さんは、よく引っ越しされるんですか？」

「これまでに四回、ですかね」

指を折りながら、壮吾は話を続ける。

「最初は小学校に上がる直前、全寮制の高校に進学して家を出て、大学生のときは下宿、社会人になってからはひとり暮らしをしてますし」

「じゃあ実体験に基づいてるんですね」

「はい。就職してひとり暮らしするときに、まだ使える家電をかなり処分したんですよ。次の部屋ではサイズが合わなくて。あのときは本当に心苦しかったです」

誰かに譲ることができればいいけれど、いつも相手がいるとは限らない。

フリーマーケットやネットオークションも手間が掛かるし、結局は捨ててしまうというケースもあるだろう。

「同じこと考えてる人、多そうですよね」

「そうなんです。だからもっとこのサービスを周知させるためにも、セミナーを開催したらどうかと思ってるんですよね」

壮吾の言葉に、栞はちょっと驚いてしまう。前職は広報ではなかったはずなのに、こんな具体的な提案が飛び出すなんて。

「セミナー、ですか？　講師の方をお呼びして？」

「いえ、僕たちで資料を用意して、直接お客様にご説明するんです」

「それで集客できますか？」

「今までにないサービスなので、注目度は高いと思うんですよね。会場の手配なども考えれば費用は掛かりますが、メディアに注目される可能性も高まりますし」

現在予定しているのはプレスリリースの配信と、自社ホームページやSNSでの情報発信。セミナーまでは考えていなかったが、課長の期待に応えるためにも、このくらい思い切った企画が必要なのかもしれない。

「いいと思います。セミナーの内容をまとめて、課長に相談してみましょう」

栞が賛同したところで、入り口から淳の声が聞こえてきた。

「おはよう、ってあれ、久賀君早いね」

手には缶コーヒーをふたつ持っており、なぜか困ったような顔をしている。淳はブラックのほうを栞に差し出し、「どうぞ」と言った。

「ありがとうございます」

栞が礼を言うと、淳は迷いながらカフェラテを壮吾に渡す。

「仕事はどう、やっていけそう？」

「はい。佐藤さんが、とても親切にしてくださるので心強いです」

「そっか、よかった。俺にもどんどん質問してくれていいから」

「お気遣いありがとうございます」

壮吾が頭を下げると、淳は軽くうなずいてつぶやく。

「……じゃもう一本、買ってくるかな」

頭を掻きながらオフィスを出ていく淳を見送ってから、栞は壮吾に言った。

「風見さんが差し入れしてくれるって、珍しいんですよ。久賀さんに期待してるのかもしれませんね」

「え、今のは」

壮吾は軽く目を瞬かせたと思うと、わずかに眉を八の字にして尋ねる。

「佐藤さんって、早く出社されるほうなんでしょう？」

「えぇ。……どうしてわかったんですか？」

栞が首を傾げると、壮吾はなぜか苦笑して言った。

「なんとなくです。職務に忠実そうな方だから」

褒められて、いるのだろうか？　どうにもよくわからないけれど、今は素直に受け取っておけばいいのかもしれない。

「それでは課長に相談する前に、こちらでセミナー開催に向けて企画書を作成しましょう」

「はい。あとでお時間少しいただけますか？　どういう企画書にするか話し合いたいので」

「もちろんです。私も考えをまとめておきますね」

セミナーが話題になれば、マスコミからの問い合わせも増えるだろう。きっと新サービス周知の足がかりになるはずだ。

意気込みを胸に秘め、栞は目の前の仕事に集中するのだった。

昼時になり、栞は麻衣と一緒に社食へ来ていた。今日は鯖の味噌煮がメインの日替わり定食を選ぶ。

「ハァ……」

いつもならテーブルに着いた途端、弾丸のように話し出す麻衣が、暗い顔をしてため息をついた。

「どうかしたの？」

「実は風見さんが、昨日からめちゃくちゃ機嫌悪くて」

「本当に？　今朝は缶コーヒーを差し入れてくれて、むしろいつもより気が利《き》くなって思ったんだけど」

栞の言葉を聞いて、麻衣が露骨に軽蔑した顔をする。

「風見さんって、人によって態度変えるんですね」

「いや、ほら、久賀さんもいたから。外部の社員さんの前で、あまり不機嫌なところは見せられないだろうし」

一応淳をフォローすると、麻衣はさっきよりも大きなため息をつく。

「その久賀さんが原因みたいなんですよね。チーム組めなかったから、へそを曲げてるみたいで」

「いくらなんでも、そんな子どもみたいなこと」

「あの人、子どもですよ。私が運営してる公式ＳＮＳにも文句ばっかり……。写真に凝りすぎとか、遊びで給料もらえて羨ましいとか」

淳の言動が予想よりもずっと低レベルで、栞は眉をひそめる。

「それはちょっと、大人げないわね」

「でしょう？　今時悪口なんて、幼稚すぎますよ」

ミエラハウスは公式ＳＮＳに力を入れている。オーナー様のインタビューを掲載したり、自治体と連携して地方の魅力を発信したり、結構評判もいいのだ。

「私、風見さんにひと言伝えておくわ。今後の広報にはネットマーケティングは欠かせないのに、そんな考え方を持ってほしくないもの」

「本当ですか？」

麻衣がパッと顔を輝かせたが、すぐに難しい顔をしてうつむく。

「でも私が告げ口したって思われたら」

「大丈夫、上田さんに迷惑がかからないように、上手く言うから」

栞が朗らかに微笑むと、彼女はホッとした顔をして言った。

「ありがとうございます。佐藤さんの言うことなら、風見さんも聞いてくれるでしょうし」

「別に私なら、ってこともないと思うけど」

「そんなことないですって。風見さん、佐藤さんには口調もちょっと丁寧ですもん」

「まさか。気のせいよ」

栞はきっぱり否定するが、麻衣はやけにこちらをじーっと見る。まるで観察されているみたいで困ってしまう。

「どうか、した？」

「いいえ、なんでも。それより久賀さんは、どんな感じですか？」

麻衣は俄然《がぜん》元気になり、興味津々で尋ねてくる。栞はできるだけ私情を挟まず、客観的に答えた。

「意欲もあるし、頭の回転も速いし、とても頼りになりそうよ」

「へぇ、そうなんですか」

麻衣はオーバーにうなずき、乙女の顔をして続ける。

「仕事がデキて、イケメンなんて、言うことないじゃないですか。彼女いるのかな？　聞いてみました？」

「そんなプライベートなこと、聞けるわけないでしょう？」

栞が眉根を寄せると、麻衣は「ですよねー」と苦笑いする。

「あーん、気になるなぁ。……そうだ、何人か誘って、内輪で久賀さんの歓迎会しません？　飲み会の場でなら、いろいろ話を聞けるかも」

動機が不純だなと思うけれど、歓迎会自体はいいアイデアだ。出向とは言え、しばらくは広報部のメンバーなのだから、親睦を深めるのは悪くない。

「いいんじゃない？　久賀さんのスケジュール聞いてみるわ」

「ありがとうございます。お店は私、探しておくんで」

麻衣がやる気満々なのは、それだけ壮吾に関心を寄せているからだろう。

栞は女子校育ちのせいか、積極的に男性と関わっていこうとは思わないので、麻衣がちょっぴり羨ましくもある。

栞だって十分年頃なのだから、本当はもっと男性に興味を持ったほうがいいのだろう。でも今は仕事が楽しくて、恋愛しようという気持ちにならない。

幸い両親はお見合い話を持ってくることもなく、結婚を迫ることもなく、栞の自由にさせてくれている。内心では思うところもあるのかもしれないが、口に出して言うことはないので、彼女はそれに甘えてしまっていた。

「お願いね。会社の近くで、落ち着いた雰囲気の店がいいわ」

「わかってます。私この辺の店、結構詳しいんですよ」

麻衣は自信ありげに、トンと胸に手を当てた。彼女は食べ歩きが趣味だと言っていたから、任せて大丈夫だろう。

「じゃあささっと食べて、オフィスに戻りましょうか」

「はい」

ふたりは他愛ない世間話をしながら、やっと食事に手を着けたのだった。


オフィスのドアを開けると、壮吾は席を外しており、淳だけがデスクに肘をついてスマホを弄《もてあそ》んでいる。壮吾の前で淳に物申すのは気が引けると思っていたので、ちょうどいいタイミングだ。

「今お時間よろしいですか？」

淳は慌てて姿勢を正し、顔を上げる。

「あぁ、構わないよ」

「実は今度の新サービスを周知するために、SNSでの情報発信を考えているんですが、主任のお考えを聞かせていただこうと思いまして」

「SNSか……。俺はあまり賛成しないね」

麻衣が話していた通り、淳はSNSの活用には否定的らしい。ネットマーケティングの期待が高まる中、逆行した考え方だと思う。

「なぜですか？　最近公式SNSのフォロワー数も増えていて、とても好調だと思いますけど」

栞が率直に尋ねると、淳はわざとらしく肩をすくめる。

「好調、ねぇ。社食やおやつの写真を投稿して、フォロワー数が増えても意味ないと思うけど」

嫌みったらしい言い方に、栞は顔を歪めた。

麻衣は日々の何気ない仕事風景を投稿することで、ミエラハウスを身近に感じてもらえるよう工夫してくれているだけなのに。

「サービスや商品情報だけの、面白みのない投稿よりはいいと思いますが」

「だとしても、あまり羽目を外しすぎれば、リスクにも繋がるからね。拡散力がある分、不適切な表現をしてしまうと一気に広がってしまうし」

「確かにデメリットはありますが、素早く誠実に対応すれば、十分リカバリーは可能だと思います」

「上田さんにそれができれば、ね」

淳が見下すような笑みを浮かべ、栞は不快感を覚える。

「どういう、意味ですか？」

「業務と関係ない投稿ばかりで、アカウントを私物化してるようじゃ、何かあったときの対処なんてとても」

「上田さんの投稿には、人間味があるから愛されているんです！」

麻衣への否定的な言動にたまりかねて、栞は淳のデスクにドンと手をついていた。

「SNSは長い時間を掛けて、顧客と信頼関係を築いていくメディアです。上田さんなら、たとえ炎上しても、支持を広げるきっかけにできますよ」

栞の迫力に気圧されつつも、淳はまだ反論をやめない。

「そうは言っても、結局責任を取るのは俺だろ？」

淳にはこれ以上何を言っても無駄なようだ。栞は「……わかりました」とため息をついた。

「これから私が、投稿前に文面と写真を毎回チェックします。今一度企業の看板を背負っているという自覚を持ってもらうために、改めて指導もしましょう」

「いや何も、そこまでしなくたって」

「主任のお手を煩わせるわけにはいきませんから。私が彼女をアシストしますので、どうぞご心配なさらず」

呆気にとられる淳を残し、彼のデスクを離れると壮吾と目が合った。いつから会話を聞いていたのだろう。

栞はパッと顔を赤らめたが、壮吾は優しく微笑んでいる。

「例の企画書、僕のほうで一度雛形を作成してみますよ。佐藤さんは公式ＳＮＳのご指導があるでしょうから」

そう言ったあとで、壮吾はこそっと栞に耳打ちする。

「啖呵《たんか》を切った姿、格好よかったですよ」

恥ずかしくて穴があったら入りたいほどだったけれど、麻衣が嬉しそうに駆け寄ってきたので、壮吾にはそれ以上何も言えなかった。

＊

壮吾の歓迎会は、内輪だけでなく広報部全体で行うことになった。それだけ彼の存在が注目されており、話を聞きたいという人が多かったのだと思う。

麻衣は隠れ家的な居酒屋を考えていたみたいだけれど、参加人数も多くなったので、結局無難なチェーン店になった。主役の壮吾はあちこちに引っ張りだこで、プライベートな話なんてできるはずもない。

思惑が外れた麻衣は、ぶつくさ言いながら何杯もカクテルを飲んでいた。

「上田さん、飲みすぎじゃない？　あなた、あまりお酒強くないでしょう？」

「いーんです。久賀さんとはお話できそーにないし。今日は飲んでやるんでーす」

ケラケラと笑う麻衣は、完全に酔っ払っている。気持ちはわかるが、二日酔いで辛くなるのは彼女自身だ。

「この辺でやめておきなさい。私、家まで送るから」

「えー、もうちょっと飲みましょーよ」

「十分飲んだでしょう？　そろそろ歓迎会もお開きだし、ちょうどいいわ」

課長が締めの挨拶《あいさつ》をし、皆が帰り支度を始める。麻衣はまだトロンとした顔で、グラスを持って座っていた。

「ほら、帰りましょう？」

麻衣の手からグラスを取り上げ、持ち物をまとめるのだが、彼女はずっとぼんやりしている。

「お手伝いしましょうか？」

声を掛けてきたのは壮吾だった。栞が酔っ払った麻衣に、手を焼いているのに気付いてくれたのだろう。

「あれー、久賀さん、やっと来てくれたー。お話ししましょーよ」

麻衣が壮吾の腕を掴み、彼は困った顔でこちらを見る。

「……ごめんなさい、彼女ひどく酔ってるんです。タクシーを捕まえて、家まで送り届けます」

「だったら僕もお供しますよ。佐藤さんひとりじゃ大変でしょう」

「いいえ、久賀さんは二次会に行ってください。今日の主役なんですから」

こちらを気遣ってくれるのは嬉しいが、そのせいで部内での壮吾の印象が悪くなってしまうのはよくない。

「今日は二次会はしないみたいですよ。平日ど真ん中の飲み会になってしまいましたし、部長も課長もお帰りになるらしくて」

「そうなんですか？」

「はい。ご挨拶だけしてくるので、ここで待っていてください」

壮吾はそう言い残すと、さっさと皆に頭を下げて回る。麻衣はテーブルに突っ伏していたから状況は伝わったようで、誰も何も言ってはこなかった。

「それじゃあ行きましょうか」

「本当にいいんですか？　先輩方からは、もう少し飲もうとお誘いがあったんじゃ」

申し訳なく思う栞の気持ちを察してか、壮吾は彼女を安心させるように微笑む。

「大丈夫ですよ、また次の機会にとお話ししましたので。僕にはおふたりを放って飲みに行くなんてできません」

なんて責任感の強い人だろう。酔っ払いの介抱なんて、できたらやりたくないと思うのが普通なのに。

淳だって麻衣の様子には気付いていたはずだが、ずっと知らない振りをしていた。

その一方で壮吾は、こうして確かに手を差し伸べてくれるのだ。

「ありがとうございます。それじゃあ手伝ってもらえますか？」

「もちろんです」

壮吾は麻衣に肩を貸しながら店の外へ連れ出し、栞は大通りに出てタクシーを拾った。幸いすぐに停まってくれ、三人は車に乗り込む。

麻衣は舌をもつれさせつつも、なんとか自宅の住所を運転手に告げ、車は静かに走り出した。タクシーに乗って気が抜けたのか、あれだけ話したがっていた壮吾が隣にいるのに、彼女は船を漕《こ》いでいる。

「どうでした？　今日の飲み会は」

沈黙も気まずいかと思い、栞は壮吾に話しかけた。

「楽しかったです。いろんな方とお話しできましたし、店のメニューも豊富で、味も悪くなかったですよ」

「それはよかったです。本当はチェーン店じゃなくて、こぢんまりと落ち着いた店を上田さんが考えてくれてたんですけど、参加人数が多くなってしまったので」

「そうだったんですね。おすすめのお店があるなら、また誘ってください。夕食を作らずに済むので、外食は大歓迎ですよ」

壮吾は自炊をしているらしい。独身男性の同僚や上司の話を聞く限り、お弁当や惣菜を買っている人が大半のようなのに。

「偉いですね、ちゃんとご自分で料理されるなんて」

「いやぁ、料理ってほどのものじゃないですよ。丼物とかチャーハンとか」

控えめに笑う壮吾は、なんと慎ましいことか。驕《おご》ることなく、謙虚な振る舞いをする彼に胸がときめいてしまう。

「何を作るかより、調理道具を揃えて材料を買って、自炊しようと思うだけで十分ですよ。毎日だと大変でしょう?」

「大学時代からずっとなので、もう習慣になってるんです。節約にもなりますし、健康を気にするようにもなりますしね」

壮吾はなんでもないように言うが、ずっと実家暮らしの栞からしたら、若いうちから自活しているだけでも格好よく見える。

栞はこれまで勉強も仕事も全力で取り組んできたし、きちんと結果も出してきたと思っている。でもそれを誇りに思うと同時に、自分が恵まれた境遇にいることも自覚していた。

努力だけではない部分で、栞は両親に助けられてきた。友達にもハッキリ「あなたはお嬢様だから」と言われたこともある。

それが栞には少しコンプレックスで、だから自立している壮吾が眩しく見えてしまうのだろう。

「佐藤さんは、料理されないんですか？」

「しますけど、毎日ではないですね」

料理教室に通っていた栞は、大抵のメニューなら作れる。

しかしそれはあくまで花嫁修業の一環としてだ。普段の食事は敦子に任せきりで、平日は台所に立つこともほとんどない。

がっかりさせただろうか？

なぜか気持ちが沈み、そんな自分に違和感を覚える。壮吾が栞にどんな感情を持とうと、関係ないはずなのに。

「得意料理はあるんですか？」

「家族に好評だったのは、ロールキャベツですね。コンソメじゃなくて、和風だしで煮込むんです」

「へぇ美味しそうですね。僕はそんな凝った料理作れませんし、普通にすごいと思いますよ」

壮吾が微笑むのは、栞に気を配ってくれているからだろうか。彼の心はわからないけれど、褒められると嬉しい。

よかったら今度作りましょうか、なんて言葉まで飛び出しそうになり、やっとのことで堪えた。恋人ならまだしも、そんなことできるわけがないのに。

壮吾が相手だと、余計なことを考えてしまう。彼に興味が湧くし、彼からどう思われているかがすごく気になる。

もしかして、栞も少し酔っているのだろうか？

「お客さん、着きましたよ」

運転手に声を掛けられ、麻衣が目を覚ました。

「ふぁーい」

麻衣は寝ぼけ眼《まなこ》で返事をすると、財布を取り出す。酔ってはいるが、前後不覚になるほど泥酔しているわけではないようだ。

精算をしてタクシーを降りた麻衣は、モタモタとした手つきでアパートの鍵を開けた。ちゃんと自室に入るのを見届けると、栞は安堵のため息をつく。

「じゃあ、帰りましょうか」

「あの、よかったらご自宅までお送りしましょうか？」

もちろん壮吾が親切で言ってくれたのはわかっている。

でもそれほど酔っていないのに送らせるのは申し訳なく、家を知られて清司郎の娘だと感づかれるような危険も冒したくはない。

「いえ、大丈夫です。電車もまだありますし、自宅は駅から歩いてすぐの所にありますから」

断ったものの、街灯だけの夜道にゾクッとして、思わず壮吾の腕を取った。

「最寄り駅までだけ、ご一緒してもらえますか？」

急に腕を掴まれたからか、壮吾は目を瞬かせた。すぐに顔をそらし、表情を隠すように手を添える。

「は、はい。もちろんです」

「久賀さんって、お休みの日は何をされてるんですか？」

ふたりで並んで歩きながら、栞はそっと壮吾の顔をのぞき込む。

「えっと、あの」

なぜか壮吾がドギマギして見えるのは、普段の栞らしくないからだろうか。

確かにいつもの栞なら、男性にこんなことはまず聞かない。多少酔いが後押ししていたとしても、だ。

なぜ壮吾だけが特別なのか、自分でも上手く説明できなかった。ただ彼のことをもっと知りたい、距離を縮めたいと思っている。

こんなことは生まれて初めてだった。気恥ずかしいような、戸惑うような、胸の奥がこそばゆい感じがする。

「バイクであちこち行きますね」

壮吾が柔らかい微笑みで答え、栞はさらに質問する。

「旅行がご趣味ってことですか？」

「旅行、っていうか、気の向くままって感じです。ただバイクで行けるところまで行く、みたいな」

話を聞いているだけで心が沸き立つようだった。計画のない旅なんて、栞からは絶対に出てこない発想だ。

「すごい、自由で、なんだか冒険みたいですね」

「いや、そんないいものじゃないですよ。行き当たりばったりなだけで。ひとりだからできるようなものです」

ひとり——。壮吾に恋人はいないのだろうか？

こんなに素敵な人なら、周囲の女性が放っておくはずないのに。

栞の疑問を察してか、壮吾のほうから口を開く。

「僕は恋愛下手なんですよ。お付き合いした人は何人かいましたけど、いつも上手くいかなくて」

「どうしてですか？」

つい無神経なことを尋ねてしまい、栞は慌てて続ける。

「ごめんなさい、答えたくなければ答えなくても」

「いえ、構いませんよ」

壮吾は歩みを止め、栞をじっと見つめた。眼差しは穏やかだが、瞳は熱を帯びており、彼女を捕らえて離さない。

沈黙はまだ続いていて、壮吾に答えるつもりがあるのかはわからなかった。それどころか何を考え、どうしてそんな目をしているのかもわからない。

落ち着かないけれど、栞から何か言うことはできなかった。壮吾の真っ直ぐな思いが染み渡ってくるようだったからだ。

「多分僕に、忘れられない人がいるから、なんです」

やっと壮吾が口を開いた。ホッとしたと同時にほろ酔い気分が醒《さ》め、彼の答えに引き込まれる。

「忘れられない人、ですか？」

「ええ。まだ幼い、小学校に上がる前に出会った人、なんですけど」

学生時代の恋人だろうかと思ったら、そんなに昔の出会いを大事にしているなんて。彼の一途《いちず》さに驚いたし、純粋さが可愛らしいなと思える。

「きっと素晴らしい人だったんでしょうね」

「はい。正義感が強くて、凛々《りり》しくて……。たとえ幼くても、彼女の気高さみたいなものが伝わってくるんです」

昔を思い出しているのか、壮吾は遠くを見つめるような瞳をした。胸に手を当て、感慨深そうに続ける。

「歳を重ねて、いろんな出会いがありましたけど、彼女のような人には巡り会いませんでした。今でも本当に特別な人だったんだなと思うんです」

壮吾がまた栞を見つめる。まるでその人に彼女を重ね合わせているみたいだ。どこか気まずく、一抹の寂しさも感じて、彼女はしどろもどろになりながら言った。

「あ、えっと、その人と再会、できたらいいですね」

「ええ、本当に」

壮吾は悪戯っぽく笑うと、意味深な様子で歩き出すのだった。

第二章　勇姿　～Side壮吾～

　飲み会の次の日は、皆どこか疲れている。二次会がなかったとはいえ、まだ酒が抜けていない者もちらほらいるようだ。

　しかし栞は普段通りだった。麻衣を送っていったことで、帰りも遅くなっただろうに、いつもと変わらずテキパキと仕事をこなしている。

　さすがだなと思いつつコピーを取っていると、麻衣が駆け寄ってきた。

「昨日は本っ当に、すみませんでした！」

　深々と頭を下げるあたり、相当反省しているのだろう。

「いえいえ、体調は大丈夫ですか？」

「あんまり大丈夫でもないですけど、自分のせいなので」

　正直に話す麻衣の顔色は、確かによくなかった。頭痛や吐き気もあるようで、典型的な二日酔いらしい。

「ちょっと飲みすぎましたね」

「はい……。注意してたつもりなのに」

麻衣は後悔しているのか、項垂《うなだ》れてつぶやく。

「また佐藤さんに迷惑をおかけして、申し訳ないです」

「また、ですか？」

壮吾がなんの気なしに尋ねると、麻衣はバツが悪そうに答える。

「えぇ。以前も送ってもらったことがあるんです」

琹がどこか手慣れた様子だったのは、二度目だったからだろう。それでも嫌な顔ひとつしなかった彼女は格好いいと思う。

「面倒見がいいんですね、佐藤さんは」

「そうなんです。聡明で頼りになって、同じ女性であることを誇りに思えるような先輩なんですよ」

後輩にそこまで言われるなんて、よほど慕われている証拠だろう。麻衣は実際世話になっているようだし、嘘偽りのない心からの言葉に違いない。

「まだ数日の付き合いですが、僕も優秀な方だと思ってますよ」

壮吾の言葉を聞いて、麻衣が何度もうなずいた。

「佐藤さんは仕事ができて、優しいだけじゃないんです。叱るべきときはちゃんと叱ってくれるから、信頼できるんですよね」

「きっと上田さんに期待してるんでしょう」

麻衣は照れ笑いを浮かべ、懐かしそうに続ける。

「以前書いたプレスリリースで、誤解を生むような表現をしてしまったことがあったんです。そのときは関係者からの指摘があって、すぐに表記の修正をしたんですけど」

「広報という仕事の性格上、予期せぬ形で報道される、ということはありますからね」

壮吾の言葉にうなずくと、麻衣は胸に手を当てて自分に言い聞かせる。

「勘違いや心得違いは当然起こるものと、覚悟しておくように言われました。その上で自分の伝え方を見直していくべきだって」

真面目な栞らしいアドバイスだと思った。感情的にミスを怒っていたら、麻衣は今こんな風に笑顔で失敗を語ることはできなかっただろう。

「私、佐藤さんに言われたことを、いつも心に留めているんです」

「それは素晴らしいですね。次の飲み会でも、今回のことを肝に銘じておくといいですよ」

壮吾がウインクすると、麻衣は恥ずかしそうにうつむいた。

「まったくですね。これから気をつけます」

一礼してそそくさと麻衣が去り、壮吾は自席に戻った。顔を上げると、隣席の栞と目が合う。

「あの、上田さんをあまり責めないであげてくださいね。彼女も反省していますから」

栞は壮吾が麻衣に説教をしている、とでも思ったらしい。

「大丈夫ですよ。少し話を」

そこまで言って、壮吾はにこっと笑った。

「どんな話をしてたか、気になります？」

質問した途端、栞は真っ赤になった。一体何に狼狽《うろた》えているのか、彼女はオロオロとつぶやく。

「私、詮索してるわけじゃ」

壮吾がそんな風に思うはずはないのに、いたたまれない様子の栞はとても可愛い。

彼は微笑みながら優しく声をかけた。

「佐藤さんの話ですよ。すごく頼もしい先輩なんだって、言ってました。今度のことも迷惑を掛けて申し訳なかった、と」

顔を上げた栞は頬に手を添え、困ったように首を傾ける。

「そんなに持ち上げてくれなくても……。全然気にしていないのに」

「上田さんの本心だと思いますよ？　佐藤さん、尊敬されてるんですね」

壮吾が褒めると、栞はとんでもないと手を左右に振った。

「私のほうこそ、上田さんを尊敬してます。世代的なものだと思いますけど、デジタルに精通してるんですよ。ＳＮＳでも効果的な使い方を熟知してるっていうか」

栞は相手の年齢や役職で、人を評価しないのだろう。すごいと思ったら素直に認めることのできる、とても謙虚な女性なのだ。

昨夜のことだってまったく根に持っていないようだし、親切が押しつけがましくない。それが栞の魅力だと思うし、麻衣にも慕われる理由だろう。

「素敵ですね」

思わず本音が出てしまい、壮吾は慌てて付け加える。

「あ、その、おふたりの関係性が、です」

栞はパッと目をそらし、「ありがとう、ございます」と言ったかと思うと、そそくさと立ち上がってどこかに行ってしまう。

失言、だっただろうか？

栞は壮吾を覚えていないようだから、馴れ馴れしくせず、気持ちを表に出さないようにしていたのに。

不意に気が緩んでしまうのは、自分ではコントロールできないほど、栞に惹かれているからだった。あまりにも長い間、想いを秘めていたから、間欠泉《かんけつせん》さながらに突然気持ちが吹き出してしまう。

幼い頃壮吾に強烈な印象を残した栞が、美しく成長して目の前にいる。それだけでも夢のようなのに、彼女は少しも変わっていないのだ。

普通は大人になるにつれ擦れていく。

世の中に揉まれて、良くも悪くもずる賢くなってしまう。しかし栞は強く優しく気高いまま、大人になった。

奇跡みたいに、今もまだ純真さを失っていないのだ。

壮吾はそのことを嬉しく思っていたけれど、感情を抑えるのに苦労もしていた。まるで初めて恋をしたみたいに、栞のことばかり考えてしまうのだ。

栞の姿を目で追い、彼女の声に耳をそばだて、恋い焦がれるのを抑えられない。

煮えたぎるような想いを持て余し、こんな熱量で人を好きになれるんだと、自分自身に驚いてもいた。

思えば壮吾はいつだって受け身だった。告白されて付き合って、でも気持ちがないから長続きしない。彼から別れを切り出したこともあるし、愛想を尽かされたこともあった。共通しているのは喪失感がないということだ。

壮吾にとって恋愛は、ずっとそういうものだった。制御できないほど、気持ちが揺れ動くなんて信じられなかった。

なのに今、壮吾はそれを体験している。心底誰かを好きになると、冷静な判断ができず、周りが見えなくなるものらしい。

もっと栞を知りたい、彼女のすべてを手に入れたい、すぐにでも――。

栞の気持ちを無視した、勝手な欲望だと思う。自分がこれほど堪え性がなく、貪欲だとは思わなかった。時間を掛けて、ゆっくりと信頼関係を構築しよう、そう思ってミエラハウスに来たはずだったのに。

＊＊＊

「どうしてぼくには、パパがいないの？」

幼い壮吾が母親の恭子《きょうこ》にその質問をしたのは、保育園で父親という存在を知ったからだった。彼女の苦悩するような表情は今でも覚えている。

もう一度同じ質問をしてから、恭子はやっと答えてくれた。

「壮吾の側にはいないだけよ。お星様になって、お空から見守ってくれているわ。ママはここにいるんだから、大丈夫でしょう?」

死という概念が、すぐに理解できたわけではなかった。でも壮吾の前に父親が現れることはないのだろうとは感じていた。

それ以来壮吾は二度と同じ質問を恭子にしなかったけれど、彼のクラスメイトは何度も何度も繰り返した。

「なんでおまえんち、パパいねーんだよ?」

今では考えられないが、壮吾は身体の小さい子どもだった。

ちょっと肩を押されただけで、転んでしまうほどひ弱で、いじめられやすい条件を備えてしまっていた。

「パパは、おほしさまに」

立ち上がって答えようとすると、また足を引っかけられる。転んだ壮吾は囲まれ、ひどい言葉を浴びせられた。

「おほしさまってなんだよ?　しんだの?」

「ひぇー、おまえのパパしんだんだ」

「パパがいねーから、こんなよえーんだな！」

なぜこんな目に遭うのだろう？　父親がいないせいだろうか？

子ども心に悩みながらも、恭子にそれを打ち明けることはなかった。彼女を苦しめるだけだと、なんとなく感じていたからだ。

代わりに壮吾は、保育園に行くのを徹底的に拒んだ。毎日家の柱にしがみつき、ギリギリまで泣きわめいた。

恭子は当時随分と悩んでいたらしく、未《いま》だにその頃のことを愚痴るくらいだ。

状況が変わったのは、栞が壮吾を庇ってから。彼女は繰り返されるいじめを見かねて、仲裁に入ってくれたのだった。

「やめなさいよ！」

女の子に守られるなんて、という気恥ずかしさはそのときにはなかった。後光が差すように、栞の姿がただただ輝いて見えた。

「なんだよ、じゃますんな」

「そうだそうだ」

「おまえんちはパパいるんだろ」

栞は一切怯むことなく、堂々と言った。

「いるけど、いないわ」

「は？　なにいってんだ？」

「パパはおしごとでいそがしいの。わたしだってずっとあってないわ」

クラスメイトたちは、壮吾から離れ栞を囲んで言った。

「それはいないのとは、ちがうだろ」

「いっしょにあそべないんだから、おなじよ。そんなことでいじめるなんて、おかしいわ」

「うるせーぞ」

ひとりが栞に手を上げた。運悪く爪が伸びていたらしく、彼女の額から薄く血が流れる。栞は泣かなかった。彼女を傷つけた張本人が、血に驚いて泣き出す。

「うわぁあぁぁあん」

「ちょ、何してるの！」

保育士が現れ、すぐに栞は手当てを受けたけれど、女の子の顔に怪我をさせたことは大きな問題となった。和解することができたのは、幸い傷が小さく、保護者からも謝罪があったからだ。

それ以降、ぱったりといじめはなくなった。クラスメイトたちはひどく叱られたようで、壮吾を見ると散り散りになって逃げ出す始末だった。

ヒーローという言葉は、栞のためにあった。彼女は壮吾を辛いだけの日々から救ってくれたのだ。

もちろん感謝していたし、仲良くなりたいとも思っていた。けれど人気者の栞にはなかなか近づけず、遠くから見守っているしかなかった。

それでも同じ小学校に行ければ、何か変わっていたかもしれないが、残念ながら壮吾は引っ越しをすることになったのだ。

「初めまして、壮吾君」

こちらに微笑みかける人物が、父親の壮一《そういち》だと教えられても、最初はピンと来なかった。なにせ父親は死んだと聞かされていたのだから。

あとになって知ったことだが、恭子は恋人の壮一がミエラエレクトロニクスの副社長だと知り、身分差を理由に自ら身を引いたらしい。

壮吾を身ごもっているとわかったのは、壮一と別れてからのこと。

いわゆるキャリアウーマンだった恭子は、悩んだ末にひとりで子どもを産み育てる決心をしたのだ。結婚はしないつもりで、壮吾と仕事に生きようとしていた矢先、彼女は壮一と再会してしまう。

当初は壮吾の存在を隠していた恭子だったが、結局壮一に知られてしまい、猛烈なアプローチを受けることになる。

恭子は「根負けしただけよ」と言っていたが、壮一をまだ愛していたのだろう。ふたりは結婚することになるのだ。

そういう経緯があったから、かどうかはわからないが、恭子は仕事を辞めなかった。壮一も恭子の退職を望まず、結婚して一年も経たぬうちに突然先代が亡くなり、社長となってからも、彼女に社長の妻という役割を強いることはなかった。

壮吾は幼い頃から働く恭子を見てきたし、そんな彼女を応援さえしていたから、壮一の判断に不満はなかった。

しかし両親はあまりにも忙しすぎた。壮吾にとって壮一が、ずっと異分子だったことにも気がつかなかったのだ。

壮吾が手の掛からないいい子でいようと、しすぎたせいもあったのだろう。

悲しい誤解をしたまま思春期を迎えた壮吾は、ついには壮一と衝突し、自ら家族であることを放棄してしまうのだ。

和解できたからよかったようなものの、一時期は自分の境遇を否定していたし、壮一の後を継がない、という未来も十分にあり得た。

でも今は心から感謝している。ミエラエレクトロニクスの御曹司という立場がなければ、栞との政略結婚の話は持ち上がらなかっただろうから。

＊＊＊

「セミナーの企画書をまとめてみたので、一度見ていただいていいですか？」

栞の業務が一段落したのを見計らって、壮吾は声をかけた。彼女はいつもと変わらぬ様子で快諾してくれる。

「もちろんです。そこの打ち合わせスペースでお話ししましょうか」

失言をしたかと心配していたが、どうやら思い過ごしだったようだ。

再会したばかりで、あからさまな好意を見せたら警戒されてしまう。今一度適切な距離感というものを、頭にたたき込んでおかなければ。

「まずはターゲットですが、現在賃貸経営をしている、もしくは検討している個人の方に絞ろうと考えています」

ミーティングチェアに腰掛けた壮吾は、仕事モードで話し始める。栞は書類に目を通しながら、「いいですね」とうなずく。

「あまりターゲットを広げすぎると、セミナーの内容もぼやけてしまいますから」

「はい。新サービスの宣伝だけでなく、入居者募集のコツや、リノベーションプランなどを絡めてご案内できれば、参加者の満足度も上がるのではないかと」

熱心に耳を傾ける、栞の真剣な眼差し。黒曜石のような瞳が長い睫毛に縁取られ、打ち合わせ中にもかかわらず見蕩れてしまう。

栞は自身が社長令嬢だと、周囲には伏せていると聞いた。実力で評価されたいのだろうし、それだけ仕事が好きなのだと思う。きっとミエラハウスという企業を、心から愛しているのだ。

一方壮吾は、ある意味でミエラエレクトロニクスとは距離を取ってきた。入社までにひと悶着あったせいもあるけれど、自社に染まらず客観的であるべきだと思っていたからだ。

それが間違っているとは思わないが、栞の仕事に対する情熱や取り組み方を間近で見ていると、新たな視点で自社を捉えることができる。彼女といると、未来の経営者としても刺激を受けるのだ。

「まさに物件オーナーが欲しい情報ですよね。今後はマネジメントも視野に入れてい

く お考えですか？」

栞に尋ねられ、壮吾は企画書に目を落とす。

「そうですね。入居者の嗜好やニーズは絶えず変化していきますし、安定した賃貸経営を実現しようと思えば、アフターサポートは必要不可欠でしょう」

顔を上げると、栞が感心した様子でこちらを見ている。目が合うと彼女は恥ずかしそうに視線をそらした。

「あの、すごく考えられていると思います。大筋はこのままで細部を詰めれば、もう課長に提出できるんじゃないでしょうか」

「ありがとうございます」

感触は悪くない。焦らず慎重にいけば大丈夫だ。

栞の信頼を得るには、きちんと業務をこなしていくのが一番の近道だ。壮吾自身この新サービスには期待をしているし、今はセミナーの成功に向けて集中しよう。

「それで会場なんですが」

「やっぱり駅に近いほうがいいですよね。アクセスのよさで、集客力も変わってくると思いますし」

「実はこちらの食堂を使わせてもらえればと思っているんですよ」

壮吾がずっと温めていたアイデアを口にすると、栞はギョッとした。予想外の提案だったらしく、目をパチパチさせながら答える。

「社食で、セミナーを開催するんですか？」

「広さは申し分ないですし、明るくて清潔感もあります。プロジェクターなどもオフィスから運べばいいわけですから」

「えっと、予算は抑えられると思います。ただ前例がないので……」

社食はあくまで社員の憩いの場。イベント会場のために作られた場所ではない。壮吾だってわかっているけれど、彼にはやりたいことがあった。

「浮いた予算で、バスを貸し切りたいんですよ。やはり現物を見てもらわないことには始まりませんし」

「モデルルームの見学を、セミナーに組み込むんですか？」

「ええ。最新家電に合わせて、間取りや収納スペースも設計されていますからね。計算された空間デザインというものを、体感してもらいたいんです」

栞は少し迷っていたようだが、壮吾の真剣さが伝わったのか、「わかりました」と言って首を縦に振った。

「久賀さんの案は素晴らしいと思いますし、私からも課長に掛け合ってみます」

「ありがとうございます。あとは集客活動ですよね。どういった方法がいいと思われますか？」

「まずは既存顧客への呼びかけでしょうね。その後はSNSやホームページで募集する、という流れがいいのではないでしょうか」

ミエラハウスは歴史ある企業だ。豊富な施工実績もあれば、多くの優良顧客も抱えている。きちんとアプローチできれば、新サービスの未来は前途洋々だ。

「いいと思います。成功の予感がしますよ」

壮吾が栞に微笑みかけると、彼女はバラ色の頬をして強くうなずくのだった。

「はい。一緒に頑張りましょう」


栞とのミーティングを終え、休憩スペースの自販機で缶コーヒーを買っていると、淳が近づいてきた。

「どうだった？」

打ち合わせの内容が気になるのだろうか。新サービスは大きなプロジェクトだから、淳も興味があるようだ。

「順調ですよ。セミナーを開催するつもりですので、話が進めば主任にもお手伝いいただけたらと」

「いや、そうじゃなくて、佐藤さんのことだよ」

「佐藤さん、ですか？」

てっきり仕事の話だと思ったのに、栞の何がどうだったというのだろう。壮吾が怪訝な顔をしていたからか、淳は肘で突いてくる。

「美人だろ、彼女」

「えぇ、まぁ。お美しい方ですね」

壮吾の答えを聞いて、淳は拍子抜けしたような顔をする。

「それだけ？」

「女性社員の容姿を品評するのは……」

はっきり感心しませんねとは言えなかった。壮吾はミエラハウスに来たばかりだし、相手は一応主任だ。

「固いなぁ。俺は事実を言ってるだけなんだからさ。うちは広報だよ？　若くて綺麗な女性を企業の顔にするのは、経営戦略のひとつだと思うけど」

淳の言葉を否定したいが、同意せざるを得ない部分も確かにある。

ブログやＳＮＳ、動画共有サイトの出現で、広報はより人前に出る仕事になった。

広報部員が美人だと話題になるし、世間の反応もいい。

「おっしゃりたいことは理解できますが、表面だけで佐藤さんを評価するのはよくないですよ。すごく優秀な方なんですから」

「わかってるよ、そこがまたいいんだって。ああいう完璧で隙のない女性が、酔って乱れるのがたまらないんだよな」

淳が下卑《げび》た笑いを浮かべ、壮吾は眉をひそめる。

「実際に、そんなことがあったんですか？」

「まさか。入社当時から見てるけど、佐藤さんが羽目を外したことはないよ。いつも付き合い程度しか飲まないし」

「そう、ですか」

壮吾はホッとすると同時に、下劣な想像をする淳に嫌悪感を抱く。

「たとえ妄想であっても、セクハラだと思いますけど」

「本人には言ってないんだから、別に構わないだろ。頭の中のことまで、取り締まられたくないね」

淳は平然とうそぶくが、邪《よこしま》な感情は間違いなく態度に出る。少なくとも栞は彼に対して苦手意識を持っているようだった。

「常日頃そういうこと考えてると、相手に伝わりますよ」

「大丈夫だって。俺は理解ある先輩で通ってるし。もうちょっと距離を縮めたいと思ってるんだけど、彼女ガードが堅くてさ」

「これまで無理だったんですから、難しいんじゃないですか」

ちょっと言いすぎたかなと思ったけれど、淳は全然堪《こた》えていないようだ。遠回しな言い方では伝わらないタイプらしい。

「新入社員の初々しい感じもよかったけど、俺はバリバリ仕事してる今のほうが好みなんだよな。付き合い長いんだし、もう少し気を許してくれてもいいのに」

今の台詞を栞が聞いたら、どう思うだろう。淳の下品な欲望を満たすために、彼女は努力しているわけではないのに。

「もうやめませんか。社内でする話題じゃないですよ」

いい加減我慢の限界が来て、壮吾はひと息で言った。淳はまったく聞いていないのか、自分の言いたいことだけを口にする。

「よかったら今度飲みに行かない？　久賀君と一緒なら、佐藤さんもオッケーしてくれそうだからさ」

「……考えておきます」

とりあえず返事だけして、壮吾は淳から離れた。これ以上の会話に耐えられなかったからだ。

栞の周囲に、ああいう思考をする人物がいる。

会社である以上仕方ないとは思うが、壮吾には看過《かんか》することはできなかった。淳の話を聞いていると、今に取り返しのつかないことが起こりそうな気がするのだ。

栞はもちろん淳の思惑を知らないだろう。彼女は純粋だから、彼のことも先輩としてそれなりに遇しているはずだ。

これまで淳は最低限の節度を守ってきた。しかし壮吾にこんな話をするということは、何かしらの心境の変化があったと考えるべきだ。

壮吾と栞は業務上一緒にいることが多いから、嫉妬しているのかもしれない。もし思い切った行動に出るようなことがあれば――。

背筋がゾッと寒くなった。

栞を守らなければ。仕事でもプライベートでも、もっと彼女の近くで。

急いだほうがいいのかもしれない。悠長に時間を掛けて手遅れになってしまうくらいなら、計画を早めるほうがマシだ。

何事も予定通りにはいかないものだと嘆きつつ、壮吾にはそれを歓迎する気持ちもあった。栞と早く一緒に暮らしたいというのも、彼の正直な本音だったからだ。

*

壮吾は久しぶりに実家を訪れていた。

水盤を配した玄関ホールを抜けると、中庭を囲んだリビングに出る。壁は全面ガラス張りで、季節ごとの花々や緑豊かな木々が、室内でも楽しめるようになっていた。都会的で、モダンアートのような家。

機能性は高いけれど、いつ来ても我が家という感じはしない。それもそのはずで、この家は壮吾の大学入学を機に建てられたのだ。

客間に泊まったことはあるが、壮吾のための部屋はない。それを望んだのは彼自身だった。

夫婦ふたりで住むための家にしてほしい——。

あんな事件が起きなければ、突き放すような言い方はしなかっただろう。後悔がないと言えば嘘になるが、壮吾の悔やむ気持ちでこの美しい家を汚したくはなかった。

過去の過ちを振り返るくらいなら、前を向きたい。

栞と結婚し、温かい家庭を作るのだ。壮吾の決意は固いけれど、彼を覚えていない彼女にとっては、あまりにも突然で強引な話だとわかっている。

いくら栞を愛していると言い張ったところで、なんの免罪符にもならない。これは壮吾だけの勝手な都合、独りよがりの願望だ。

だとしても、栞を手に入れたかった。

どこよりも確かな、壮吾と栞ふたりだけの居場所。それがあれば、この家に彼の部屋は必要ないのだから。

「珍しいわね、あなたがここに来るなんて」

恭子はそう言いながら、コーヒーメーカーをセットする。料理好きの彼女のためにオープンキッチンは本格的な仕様になっており、奥に張られた濃紺のタイルもオーダーメイドされた特注品だ。

「ちょっと、父さんに相談したいことがあって」

手土産のプリンを渡しつつ、壮吾は恭子の顔色をうかがう。

「仕事のこと?」

厳密に言えば違うが、延長線上のこととも言える。壮吾が曖昧にうなずくと、壮一は穏やかな笑みを浮かべて言った。

「それなら壮吾は自分で処理するさ。結婚のこと、だろ？」

壮吾が答えられないでいると、壮一はさらにニコニコする。

「ほら図星だ」

「息子のことはなんでもわかってるみたいな顔、しないでほしいわ。私だって壮吾の母親なんですからね」

恭子がわずかに拗ねた様子で、湯気の立つコーヒーカップをテーブルに置いた。

親子なら当たり前の何気ない会話。昔はこれができなかった。意地を張りすぎて、どうやったら素直になれるのかもわからなくなっていた。

もう少し心を開いて会話していれば――。

あの頃を思い出すと、自責の念が押し寄せてくる。両親の多忙さを理由に、コミュニケーションを取ろうとしなかったのは、壮吾も同じなのだ。

「結婚って、ミエラハウスのお嬢さんとの？」

恭子の質問で、壮吾は我に返った。口を開こうとすると、壮一が先に答える。

「壮吾は今回すごく慎重なんだよ。ミエラハウスに出向させてほしいと、自分から言い出したくらいなんだから」

壮一は美味しそうにコーヒーを飲み、恭子は壮吾の前に腰掛ける。

「保育園で一緒だったのは覚えてるわ。ご両親もしっかりした方だったし、反対なんてしないわよ」

もちろん恭子はそう言うだろう。壮一も、そして栞の両親も、賛成してくれるのはわかっている。この結婚は双方の両親にとって、歓迎すべきことなのだから。

問題なのは栞の気持ちだった。

どう取り繕っても政略結婚という形は変わらず、栞にとっては出会ったばかりの壮吾を、今すぐに愛してくれとはとても言えない。

だからせめて時間を掛けて、栞と信頼関係を築こうと思っていた。

生涯を掛けて愛したい、共に人生を歩みたいのは栞だけ。必ず幸せにするためにも丁寧に事を進めていきたかった。

これでも逸《はや》る気持ちを抑えて、冷静に対処しようとしてきたのだ。当事者である栞抜きで話を進める以上、最低限の礼儀くらいわきまえていたかった。

あぁ、それなのに……！

淳の登場で、事情が変わってしまった。他人への警戒心が薄く、純粋無垢な栞だから、少しでも早く側で見守りたいのだ。

「今日は、結婚のお話を進めてもらいたくて、来たんです」

壮吾の言葉に壮一は驚いた顔をする。

「もう少し関係を深めてから、と言ってなかったかい？　出向したばかりだし、仕事が一段落したあとのほうがいいと思うけどね」

壮一の言うことは尤《もっと》もで、まさか栞に恋情を寄せる人間がいるから、なんて言えるはずもなく、壮吾は用意してきた言い訳を口にする。

「現在ミエラハウスとミエラエレクトロニクスは協力して、新しいサービスを始めようとしています。周知に向けてセミナーの開催を予定しているのですが、成功のためにはより密なコミュニケーションが必要だと思いまして」

話を聞いていた壮一は、ふむとうなずいて見せる。

「今は栞さんとチームを組んでいるんだろう？　一緒に過ごす時間が多くなるのは、わかり合う近道だとは思うけど」

「あら、壮吾は仕事を家庭に持ち込むつもりなの？」

恭子があっさりと言った。壮吾を非難するつもりはないのだろうが、彼女の意見に反論するのは難しい。

「それ、は」

「まぁまぁ母さん、そういう言い方はないだろ？」

「だって栞さんが可哀相じゃない。家に帰ってまで、仕事の話をされるなんて」

確かにその通りだ。しかし壮吾は現実にそうするつもりはない。ふたりを納得させたくて言ったに過ぎないのだ。

壮一が返答に迷っていると、壮一が助け船を出してくれる。

「壮吾にだって考えがあるんだと思うよ。本当に新婚生活が始まったら、仕事の話ばかりにはならないだろう」

壮一の言葉を聞いた恭子は、疑うような眼差しを壮吾に向けた。

「……もしかしてあなた、早く栞さんと結婚したいだけなんじゃないの？」

気持ちを見透かす恭子の質問に、壮吾は思わず真っ赤になった。ふたりの顔を見ることができず、うつむいてボソボソと答える。

「そんなことは、ない、ですけど」

通常ならあり得ない壮吾の反応に、ふたりは顔を見合わせた。

「嫌だ、それならそうと、正直に言いなさいよ」

「母さんの言う通りだよ。会社ぐるみの縁談だし、壮吾に結婚を無理強いしてはいないかと、こっちは気にしていたんだから」

知らなかった。壮一なりに、壮吾の気持ちを憂えてくれていたのだ。

「これが政略結婚なのは、僕だってわかってます。でもお相手が栞さんだったから、お受けしたんですよ。もし別の方だったら、お断りしています」

顔を上げた壮吾は、ふたりを見渡しながらきっぱりと言った。他の何よりもその部分だけは、明確にしておくべきだと思ったからだ。

「いいんじゃない？　そこまで強く栞さんを想っているなら、きっと結婚しても上手くいくわよ。ねぇ？」

恭子が壮一に同意を求め、彼は感慨深げにうなずく。

「そうだね。壮吾がこんなにはっきり、胸のうちを語るなんて……。成長したなと思うよ」

「えぇ。好きになったら一直線なところは、あなたそっくりだわ」

静かにコーヒーを飲む恭子の言葉を聞いて、壮一は慌てて口を開く。

「母さん、壮吾の前でそういうことは」

「壮吾も結婚するんだから、教えておいてあげればいいのよ。あなたがどれほど情熱的にプロポーズしてくれたかを」

クスクスと笑う恭子を、壮一は恥ずかしそうに見つめている。

「まったく母さんは意地悪だな。なかなか結婚を承諾してくれなかったくせに」

「あなたのためを思うなら、私みたいな仕事人間じゃないほうがいいと思ったんだもの」

肩をすくめる恭子の手を、壮一は強く握って言った。

「僕はそんな母さんが好きだったんだよ。セミリタイアして、のんびり過ごせる今の生活も気に入ってるけどね」

恭子は照れてしまったのか「もう……」とだけつぶやいた。

あれだけ忙しくすれ違っていたのに、恭子と壮一は今でも新婚当時と変わらず仲がいい。そんな両親を穏やかに見守れるのも、今だから、かもしれない。

壮吾はいろんな意味で昔とは違う。ミエラエレクトロニクスに就職したときに、転機を迎えたと思っていたけれど、栞との再会はもっと大きな出来事だった。

ただひとり、一生愛したい人――。

栞とならきっと、和気藹々《わきあいあい》とした幸福な家族を持てる。心からそう信じられる女性は、彼女しかいない。

幼い壮吾が信じ切れなかったもの、欲するがゆえに拒みさえしたもの。それを彼自身の手で築き上げて初めて、両親を安心させることができる。

栞を愛し、共に人生を歩むことこそが、そのまま両親への償いにもなるのだ。

第三章　政略結婚

最近眠りに就く前は、いつも壮吾のことを考えてしまう。

壮吾と交わした会話を何度も反芻《はんすう》し、彼の様々な表情を思い起こしては、女子高生みたいに胸をドキドキさせている。

アラサーにもなってと思うけれど、栞は学生時代にまともな恋愛をしていないから、異性を意識することが新鮮なのだった。

男の人に興味がなかったわけではないが、ただ経験を積むために付き合おうとは思わなかった。栞にとって交際は、結婚と同義。考え方が古すぎるかもしれないが、身体を委ねるなら、夫になる人だけだと考えていたのだ。

大学までは同性に囲まれていて、就職してからは懸命に仕事と向き合い、恋をしようという気は起きなかった。今思えば男性からのアプローチは幾つかあったのに、やんわりお断りしていたのだ。

そのうちだんだん誘われなくなったのは、お高くとまっていると思われて、敬遠されるようになったからだろう。

恋愛に尻込みしている自覚はあったけれど、焦りはなかった。任せてもらえる仕事が増えるにつれ、日々の充実を感じていたからだ。

このままでいいのだろうかと思うようになったのは、ここ数年のこと。

結婚する同年代が増えてきて、気がついたら友達も、同期の男性たちもパートナーを見つけている。表には出さずとも、栞の心は密かに揺れ始めていた。

壮吾との出会いは、そういうタイミングだったのだ。

第一印象がよかったのは否定しないけれど、栞は壮吾の内面に魅せられた。仕事への真摯な取り組み方に加え、聡明さや生真面目さが伝わってきて、生まれて初めて男性にトキメキを感じたのだ。

壮吾に会えると思うと、会社に行くのが楽しみで、自然とお化粧にも気合いが入った。今までそんなことはなかったから、自分の変化に驚いているくらいだ。

もう少し距離を縮められたら、という願望はある。

でも壮吾は恋愛下手だと言っていたし、特段彼女が欲しいというわけでもなさそうだ。それを知りながら、親しげに振る舞うのは無作法だと思う。

今進めているセミナーが無事開催され、仕事が一段落したら、多少状況は変わるかもしれないけれど、きっと食事に誘うことさえできない。

正直に言えば、栞はこれ以上壮吾を好きになりたくなかった。彼はいずれミエラハウスを去る人だし、後戻りできなくなるのが怖かったのだ。

わかっているのに、気持ちに振り回される。日を追うごとに、壮吾に惹かれてしまうのを、栞は止められないでいるのだった。

*

オフィスに入ると、案の定壮吾は出社していた。自席でおにぎりを食べながら、パソコンのディスプレイを見ている。

栞はそれを予想して、一本早い電車に乗ったのだ。

まだ自分の感情を、ちゃんと整理できてはいない。それなのに壮吾とふたりきりの時間を少しでも長く過ごしたかった。

「おはようございます。おにぎり、お手製ですか？」

「あ、すみません。行儀悪いですよね」

壮吾が慌てて片付けようとしたので、栞は手を大きく左右に振る。

「いいえ、就業前ですから、別にいいと思いますよ。朝ちゃんと食べるのは、大事だと思いますし」

栞の答えを聞き、壮吾は打ち解けた笑みを浮かべる。

「俺、昔から朝は米派なんです。具はなくていいんですよ、塩だけで。毎日これなんですけど、全然飽きないですね」

壮吾が『俺』と言うのは初めて聞いた。普段の一人称はそうなのだろう。彼が栞に気を許してくれたようで嬉しくなる。

「朝ご飯は、パンよりお米のほうがいいって言いますよね。消化吸収がよくて、満腹感もあるとか」

「へぇそうなんですね。俺はただ好きなだけなんですけど。佐藤さんは、どっち派ですか？」

「私もご飯のことが多いです。あとはお味噌汁と納豆とか」

「いいですね、シンプルで。日本の伝統的な朝食って感じがします」

壮吾は賛同してくれるが、毎朝敦子に用意してもらっていることが、少し後ろめたい。彼はきっと自分で握り飯を作っているのだ。

大学までは周囲にも数人、栞と同じような境遇の友達がいたけれど、社会に出ればお手伝いさんがいるという状況はやはり特異だ。

由美は筋金入りのお嬢様で、ひとりで電車に乗ったこともないような人だったから、敦子の存在がなくては生活も立ち行かなかった。

清司郎はそれを承知で結婚したわけだが、栞は愛する人の食事を作り、身の回りの世話をして、いつも笑顔の絶えない家庭を作りたいと思っている。

愛する、だなんて――。

我に返った栞は頬を染めた。目の前に当人がいるのに、勝手な妄想をするなんてどうかしている。

栞は軽く首を振り、当たり障りのない話題を探して、視線を窓の外に向けた。本社は都心のオフィスビル街に位置しており、無味乾燥な風景から想像力を掻き立てるのは難しい。

「佐藤さんは、どうしてミエラハウスに入社しようと思ったんですか?」

栞が黙っているからか、壮吾のほうから話を振ってくれた。彼女はホッとして、口を開く。

「単純にミエラハウスの家が好き、っていうこともあるんですけど……。私、大学では都市デザインを学んでいて、ミエラハウスの自然環境への取り組みに、とても感銘を受けたんです」

「確か庭造りにこだわってらっしゃるんですよね？　その地域に合わせた、日本の在来種を選んでいるとか」

壮吾の口から、すぐにミエラハウスの施策が出てきたので、栞は感心してしまう。

「よくご存知ですね」

「出向するにあたって、御社のことはひと通り勉強したので」

「ミエラハウスは庭も自然の一部だと考えて、人間と共生できる、緑豊かな街の形成を目指しているんです。世界でも同様の試みはたくさんあって、パリではセーヌ川に隣接する地域に緑地部分を増やすことで」

仕事でもないのにしゃべりすぎだ。栞は恥ずかしくなってしまって、壮吾から顔を背ける。

「すみません、ついペラペラと」

「いえ、そんなことは。お話を聞いてると、これから始める新サービスも環境問題に配慮していて、ミエラハウスは一本筋の通った企業だなと思います」

「――本当、ですね」

栞は内心、賃貸住宅事業に注力することに疑問を持っていた。しかし言われてみれば、根幹の部分にある方針はぶれていない。

栞よりも壮吾のほうが、清司郎の考えをきちんと理解している気がして、わずかな悔しさと大きな尊敬の念が沸き起こる。

「なんだか久賀さんはもう、ミエラハウスの一員みたいですね」

「いや、俺なんてまだまだ。佐藤さんのご慧眼《けいがん》には感心してるんです。いち早くオウンドメディアやSNSに注目されてて……。しかもブランドのプロモーションだけに終わらず、人々の生活に寄り添おうとされてるじゃないですか」

壮吾が敬服したように言い、真摯な瞳でこちらを見る。内に強さを秘めた眼差しから、愛情に似たものを感じて胸が苦しくなる。

手を当ててみなくても鼓動の激しさがわかり、見つめ合っただけで動揺するなんて初心《うぶ》な自分が嫌になる。

「そう、ですね。社会貢献って言うと、大げさに聞こえるかもしれないですけど、少しでも世の中をよくしていければと」

「俺も、同感です」

壮吾は深くうなずいてから、少し照れたように続ける。

「これからの企業は様々な社会問題と向き合い、責任を果たしていくべきだと思っているんですよ。……甘いと言われるかもしれませんが」

「そんなことありません！」

栞は反射的に壮吾の言葉を否定した。彼が彼女と同じ意見を持っていることがとても嬉しかったし、そんな風に考えられる彼に一層好感を抱く。

「利益優先だけが大事なわけじゃないと思います。社会に価値を提供していく企業が、今後は選ばれていくはずです」

いつの間にか身を乗り出していた栞は、ものすごく壮吾に顔を近づけてしまっていた。間近で見ると彼の美しさはより際立ち、呼吸を忘れてしまう。

「あの……」

壮吾が口を開きかけ、栞は正気を取り戻した。なんて大胆なことを。こんな無茶苦茶な距離の取り方があるだろうか。

すぐに壮吾から離れ、真っ赤になって反省していると、彼が優しい笑顔を向けてくれる。まるで恋人に向けるみたいな親愛が感じられて、栞の頬はさらに熱を帯びてしまう。

「俺たち、いいチームになれそうですね」

「え、っと、はい、そう、思います」

どうにか答えはしたものの、栞は壮吾の顔をまともに見られなかった。彼に心が惹かれる。ふと懐かしさのようなものが込み上げるのだ。

言葉では言い表せない、これまで感じたことのない感情。それは決して嫌なものではなく、栞の胸を熱くときめかせるのだった。

＊

週末になり、栞は台所に立っていた。

壮吾にロールキャベツが得意だと言った手前、久しぶりに作ってみようと思ったのだ。彩り鮮やかなコブサラダ、それにコーンスープも用意する予定だ。

「栞さん、ちょっといいかしら？」

早速取りかかろうとしたところで、由美に声をかけられる。栞は冷蔵庫を開ける手を止めて言った。

「はい、お母様。何かご用ですか？」

「お話ししたいことがありますの」

由美は少女のように可愛らしく微笑み、スタスタと歩き出す。話ならここですればよいのにと思うが、何か重要な用件なのだろうか。

清司郎の部屋の前まで来て、由美が軽くノックをする。彼の返事を聞いてから、彼女は扉を開けた。

「栞さんを連れてきましたわ」

「ありがとう。ふたりともソファにかけてくれ」

清司郎と由美の向かいに、栞も腰をおろす。改まって何事だろうかと思いつつ、ふたりの顔を交互に見る。

「実は栞に結婚の話が来ているんだ」

……！

声が出なかった。驚きすぎて、瞬きすらできない。身体が固まってしまって、どうすれば動けるのかさえわからなくなっていた。

突然、どうして？

疑問が頭をグルグルと回るが、冷静に考えれば決して早くはない。むしろ両親からしたら、気長に待ったほうだろう。

それでも栞は愕然《がくぜん》とした。もうそんな年齢なのかということではなく、壮吾の存在を特別に意識しているからだった。

「お相手はとても素敵な方よ」

由美がふふふと笑い、栞はやっと瞬きをすることができた。ゆっくりと呼吸をしてから、姿勢を正して清司郎を見つめる。

「なぜ今、なのですか？」

「あら、栞さんは二十八歳でしょう？　もっと早くてもよかったんですよ。私なんて二十歳でこちらに嫁いできたのですもの」

「由美、少し黙っていてくれるか」

清司郎はゴホンと咳払いをすると、栞を見つめて静かに話し始める。

「お相手はミエラエレクトロニクス社長のご子息だ。とても優秀な方で、人柄も申し分ない」

栞は耳を疑った。あろうことか、清司郎は因縁の企業の名前を口にしたのだ。彼が平然としていることが、とても信じられない。

「お父様、本気でおっしゃっているんですか？」

事業協力をすることについては、栞だって納得している。しかしひとり娘を嫁がせるのは、また全然違う話だ。

「もちろんだとも。栞にとっても悪い話じゃないと思っている」

「両社の過去に何があったか、お忘れですか？　覚えていらっしゃるなら、そんな風には考えられないはずです」

やるせない思いが込み上げ、膝に置いた手が震える。

ミエラハウスという企業を愛すればこそ、ミエラエレクトロニクスを許すことはできない。なぜ清司郎にはその気持ちが届かないのだろう。

「栞がミエラエレクトロニクスに対して、よいイメージを持っていないのは知っているが」

清司郎が栞の反応に戸惑うのは、本気でよい縁談だと思っているからだろう。彼の考えが彼女には理解できず、にらみつけんばかりの強い瞳できっぱりと言い切った。

「でしたら、そのようなお見合いはお断りください」

「嫌だわ、栞さんたら」

朗らかな由美の声が、場違いに響いた。緊迫した空気が壊れ、彼女は諭すように続ける。

「これはお見合いではありませんよ。清司郎さんも結婚、とおっしゃったでしょう?」

意味がわからなかった。結婚には手順がある。

交際期間に多少のばらつきがあったとしても、プロポーズもなしにいきなり入籍するなんてことは通常あり得ない。

「お母様のおっしゃっていることが、よく、飲み込めないのですが」

栞の言葉を聞き、清司郎が深いため息をついた。渋い表情で、どう伝えたものかと、明らかに悩んでいる様子だ。

「落ち着いて、聞いてほしいんだが」

そう前置きする清司郎こそが、狼狽《ろうばい》しながら続ける。

「ミエラハウスは、ミエラエレクトロニクスの傘下に入ることになったんだ」

「そんな、どうしてですか？」

栞は勢い余って、ソファから立ち上がっていた。自身の結婚の話よりも動転してしまい、清司郎に詰め寄る。

「ミエラハウスの業績は、決して悪くありません。援助を必要とするような状況ではないはずです。お父様ご自身が、一番よくわかっていらっしゃるでしょう？」

「あぁそうだ。この傘下入りは決して後ろ向きな選択じゃない。今後双方の企業がより大きく成長するための、戦略的な判断だ」

「戦略的って……、じゃあまさかこのお話は、政略結婚なんですか？」

清司郎は答えなかった。わずかにうなずいただけだ。

信じられない。あまりにも時代錯誤だ。今時、会社のために結婚するなんて。

現実を受け入れられず、息をするのも忘れていた。まさか自分の身にそんなことが起こるとは、想像もしていなかった。

いつか王子様がやってきて、幸せな結婚をする――。

そこまで夢見がちだったわけではないけれど、こんな栞の人格を無視した結婚を強制されるとは、しかも両親がそれを受け入れるとは思わなかった。

清司郎も由美も、栞を愛してくれていると信じていたのに。

「私を会社の道具だと」

「それは違う。さっきも言ったが、これは身売りのような話ではないんだ」

「だったらなぜ!」

思わず声を荒らげる栞を、清司郎は真っ直ぐ見つめた。

「栞はミエラハウスの業界における立ち位置を、どう考えている?」

今しなければならない質問だろうか。栞は反発したいのを堪え、必死に声を抑えて模範的な回答をする。

「……三番手、だと思います。単純に売り上げだけを見ればですが」

「うん、そうだね。長らくその地位は揺るがなかった」

「今後は違う、と?」

「実は業界四位のミケホームと五位のセキワグループが、経営統合に向けた協議に入っているらしいんだ」

理不尽な結婚への怒りが、冷水を浴びたように収まった。

それは業界の勢力図を一変させる大事件だ。さっき清司郎はミエラハウスがより大きく成長するためと言ったけれど、すでに予断を許さない情勢だったのだ。

会社の未来を考えれば、傘下に入ることを躊躇している場合ではない。清司郎がこの結婚を推し進めようとするのも当然のことだ。

最早企業努力ではどうにもならないほど、状況は差し迫っているのだから。

「政略結婚と言うと聞こえは悪いけれど、会社のためだけではなく、栞の幸せを一番に考えた上で提案しているんだよ」

清司郎が穏やかに言うのは、栞を不安にさせないためだろう。

しかし業界を揺るがす噂を前にすれば、清司郎が真に栞を想っているのだとしても、ただの圧力としか思えなかった。ミエラハウスの今後を憂えるなら、彼女が政略結婚を受け入れるしかない。

「せめて先に、相談してくだされば」

栞が沈んだ声で言うと、清司郎はわずかに眉根を寄せた。

「栞は応じてくれたかい？　詳しい話をするまでもなく、ミエラエレクトロニクスの名前を聞いただけで、拒否反応を示したんじゃないのかな」

清司郎の言葉に栞は黙ってしまう。恐らく彼の言う通りになっただろう。今だってそれに近い行動を取っているのだ。

「私はお相手にも会っている。栞に相応しい人物だと感じたから、話を進めようと思ったんだ」

「相応しいかどうか、どうしてお父様におわかりになるのですか？」

避けることのできない政略結婚。清司郎を責めても仕方ないのに、栞はまだどこかで納得できないでいる。

項垂れる栞を見て、清司郎は困ったように言った。

「嫁ぐのは栞だ。心に決めた人でもいるのなら、私も考えるが」

「それ、は」

とっさに浮かんだのは、壮吾の顔だった。

でも、違う。壮吾とはまだそんな関係ではない。プライベートで会ったこともなく、好きだという感情さえ不確かなのに。

「いないのなら、構わないだろう？　栞自身、好印象だと言っていたのだし」

「え、どういう」

「お相手は久賀壮吾君だよ」

「嘘！　嘘よ、だって、そんな」

激しい動揺がそのまま口から零れ、栞は身を乗り出して清司郎の両肩を掴んでいた。無作法だということも忘れ、両手に力がこもる。

「お父様、冗談でしょう？　ね、そうおっしゃってください」

いつもの栞らしからぬ行動に、清司郎は明らかに惑乱していた。目も口も大きく開き切って、焦りつっかえながら説明する。

「本当の、ことだ。結婚するなら、お互いを知ってからのほうがいいと、彼、壮吾君が自ら、ミエラハウスへの出向を願い出たんだよ」

「なんて、こと――」

膝の力が抜け、栞は崩れ落ちるように、ソファへ座り込んだ。

衝撃的な事実がドッと流れ込んで、頭がショートしそうだった。キョロキョロと視線は彷徨《さまよ》うが、その実何も見てはいない。

壮吾がミエラエレクトロニクスの御曹司、それも栞の政略結婚の相手？

「じゃあ、何もかも」

まやかしだった。

仕事に対する真摯な姿勢、親しみを込めた態度、人懐っこい笑顔も。

すべて結婚の話を円滑にまとめるためだ。壮吾は栞に取り入ろうと、印象をよくしようとしていただけ。狡猾《こうかつ》な策略だったに違いない。

「栞、大丈夫か？」

清司郎が気遣わしげにこちらを見ているが、栞はうなずくこともできない。

裏切られた、思いだった。

壮吾はあれほど巧妙に、本心を隠して取り繕える人だったのだ。その狡《ずる》さが怖かったし、ひどく心を傷つけられてもいた。

清司郎に心に決めた人がいるならと言われて、とっさに頭に浮かぶほど、栞は壮吾を信頼し、気を許し、男性として意識していたのに。

――そう、惹かれていたのだ。今となっては認めたくないけれど。

壮吾が初めてだった。これほどまでに栞の心を占めた男性は。

どんなことに関心を持ち、何が好きで嫌いなのか。普段の栞ならそんな些細な、と一蹴するようなことでさえ、壮吾に関わるすべてに興味があった。

もっと深く知りたいと思っていただけに、こんな形で壮吾の思惑を知ったのは本当に残念だった。卑劣な背信行為に気持ちが沈む。

「気分が悪いなら、話はまた今度にしよう」

清司郎が休息を勧めてくれるが、これは体調の問題ではない。栞は顔を上げ、どうにか心を落ち着ける。

「いえ、問題ありません。先方のご両親も、この結婚には賛成しておられるのですか？」

「もちろんだ。企業間のつながりを抜きにしても、嫁に迎え入れたいとまでおっしゃってくださっていた」

「そう、ですか……」

絶望が心を侵していく。もう栞には選択肢などない。

ミエラハウスの将来を思えば、因縁ある企業の傘下に入ることも、壮吾との愛のない結婚も、受け入れるべきなのだ。

誰もがこの政略結婚に賛成している。企業同士の結びつきが強固になるし、様々な事業にも取り組みやすくなる。今回の最新家電付き賃貸住宅事業がいい例だ。

過去を清算し、やっとふたつの企業が手を取り合うところまで来た。栞が知らないだけで、何度も話し合いが持たれたことだろう。

もし破談になれば、その努力が無駄になる。栞の一存だけで、多くの人々の膨大な時間と労力を無にすることなど、できるわけがない。

「わかりました」

栞はスッと背筋を伸ばした。もう、取り乱しはしない。

清司郎の、ミエラハウス社長の娘として、恥ずかしくない振る舞いをしなければ。

政略結婚は栞の責務なのだ。

「それは、結婚を承諾するということかい？」

「はい。ただ正式にお話をお受けする前に、一度久賀さんとふたりだけでお話しする機会を設《もう》けていただきたいのですが」

壮吾が栞を愛しているとは、思っていない。彼女の知る彼は欺瞞《ぎまん》そのもので、そんな彼を愛し始めていたことが、今は胸を切り裂くほどに辛い。

それでも知りたいことはあった。壮吾が政略結婚を受け入れ、ミエラハウスに出向してまで栞と一緒に働くことを選んだ、その理由を。

納得できる答えをもらえれば、たとえ幸福な結婚にならなかったとしても、不幸にはならないだろう。

「わかった。そのように伝えておこう」

清司郎は明らかに安堵していた。栞の説得に時間がかかることを、懸念していたのかもしれない。

「……お父様は政略結婚であっても、私と久賀さんがいい夫婦になれると、お思いですか？」

こんな質問は栞らしくない。自信のなさが表れているようで、清司郎を心配させるだけだ。

わかっていても聞かずにはいられなかった。尊敬する清司郎がお墨付きをくれるなら、勇気を持って壮吾とも話ができる気がした。

「当たり前じゃないか。彼は素晴らしい人だし、栞は私の自慢の娘だ。必ず幸せになれると信じているよ」

栞の気持ちを察してか、清司郎は力強く答えてくれる。彼女は内心不安を覚えつつも、黙ってうなずいたのだった。

＊

初めて壮吾と、プライベートで食事をする。

もしそんなことがあるとしても、まだ先だと思っていた。会社でのランチすら、初日以来誘えていないのだから。

まさか政略結婚の意思確認のために、会うことになるとは——。

「あと、一時間……」

ドレスアップした栞は、左手の腕時計を見てつぶやいた。

清司郎からの打診を壮吾は快諾し、車で迎えに来てくれることになっている。場所は聞いていないが、予約をしてくれているようだ。

フォーマルな店だろうと考え、今日の栞はケープの付いた、ブラックのワンピースを着ていた。同じく黒の、ビジュースストラップが付いたパンプスも用意している。

アクセサリーは、ドロップ型のパールイヤリングとチェーンネックレス。スクラッチバッグの留め金と合わせて、ゴールドのシンプルなデザインを選んだ。

時間を掛けてお化粧し、選び抜いた装いをしていても、心は沈んでいる。

壮吾とはこんな、畏まった付き合い方はしたくなかった。

すでに結婚した先輩や同僚のように、大衆的な居酒屋に行ったり、映画館や水族館に行ったり。そういう普通のデートから、だんだん恋愛に発展していければいいなと思っていたのだ。

でもこうなってしまっては、もう無理だ。

ふたりの結婚は決定事項。恋愛感情なんて生まれないし、目の前のミッションをこなすだけ。プロポーズさえないかもしれない。

こんな味気ない結婚があるだろうか。悲しいけれど栞にはどうにもできない。彼女だけの意志で決められることではないからだ。

栞がため息をついていると、由美が隣に腰をおろした。

「どうしたの、浮かない顔をして。今夜は壮吾さんとの初デートでしょう？」

デートだなんて、そんないいものじゃない。由美の純真な瞳が、栞にはかえって残酷に見える。

「ただ食事に行くだけのことです」

「初めてふたりきりの時間を過ごすのですもの、デートでいいじゃありませんか。そんな顔をしていては、せっかくのお食事も楽しめませんよ」

「食事を楽しむような雰囲気になるとは、思えませんけど」

頑なな栞の態度を見て、由美が軽く首を傾げた。

「栞さんは、壮吾さんのことがお嫌い？」

デリケートな問題を、そんなにズバッと尋ねられるのは由美だけだ。栞は狼狽えつつも、首を左右に振る。

「いえ、そういうわけでは、ありません」

「じゃあ政略結婚だということが、嫌なのかしら？」

栞が答えられずにいると、由美は優しく微笑む。

「枠組みに囚われる必要なんてないのよ。私と清司郎さんだって、お見合い結婚ですもの。恋をして結ばれたわけではないわ」

「それは、時代背景もあるでしょうし」

「あら、私の時代だって恋愛結婚はあったわ。お友達の中にも、そうして結ばれた人がいたし、羨ましく思っていたのよ」

初めて聞いた話だった。天真爛漫な由美のことだから、清司郎との結婚にも前向きだったのだろうと、勝手に思い込んでいたのだ。

「お見合いに、乗り気ではなかったのですか？」

「えぇ。まだ若かったし、当日の朝に逃げだそうとしたくらいよ」

栞にはそんな大胆なことはできない。意外とアグレッシブな由美に驚くが、それだけお見合いが嫌だったということでもある。

「それなのにどうして、結婚を受け入れることができたのですか？」

「だって恋に落ちたんですもの。清司郎さんと目が合った瞬間に」

コロコロと可愛らしく笑う由美は、冗談を言っているようには見えなかった。一目惚れなんてことが、現実にあるなんて。

「その顔は、信じていないのでしょう？」

「いいえ、私は」

「いいのよ。私も最初は信じられなかったわ。だって会ったばかりの人なんですもの。でもね、清司郎さんが一生懸命話しかけてくれたり、笑いかけたりしてくれるのを見ていると、この人と結婚したいって自然に思えたの」

由美の直感は結局は正しかった。娘の栞から見ても夫婦仲は良好だし、実際ふたりはちょっとしたケンカさえしたことがないのだ。

「お母様がお父様を愛してらっしゃるのは、私もよくわかっていますけれど」

「だったら何も心配することはないでしょう？　始まりがどうであれ、幸せな結婚はできるわ。私がその証明なのよ」

にっこりと笑う由美は、いつにも増して自信に満ちあふれているように見えた。堂々と自分が幸せだと言える彼女が羨ましく、とても眩しい。

「……私も、お母様のようになれるでしょうか？」

「大丈夫、きっとなれるわ。だから笑顔で、行ってらっしゃい」

由美が強く抱き締めてくれるのは、清司郎と同様に栞の幸せを心から願ってくれているからだ。

愛する両親が、こんなにも栞の結婚に賛成してくれている。その意味を彼女は重く受け止めなければならない。

「久賀様がいらっしゃいました」

敦子が壮吾の来訪を告げた。時計を見るとまだ約束の十五分前だ。出社もそうだが、何事も早めに行動する彼らしい。

「では、行って参ります」

ソファから立ち上がった栞は、ふたりに礼をしてリビングを出たのだった。


門を出ると、壮吾が待っていた。

スーツ姿ではあったが、社内で見るのとは随分印象が違う。

いつもはブラックかダークグレーだが、今日はブライトネイビーのスーツ。壮吾の活動的な雰囲気によく似合い、とてもドレッシーだ。

「今日はよろしくお願いいたします」

栞が声をかけると、壮吾がハッとして後ずさる。こちらを見ていたはずなのに、まるで突然彼女が現れたようなリアクションだ。

壮吾は目をパチパチさせたかと思うと、すぐに視線をそらした。胸に手を当ててゆっくり深呼吸する姿から、彼の緊張が伝わってくる。

「こちらこそ、よろしくお願いします」

ピシッと背筋を伸ばし、壮吾が言った。上品なセダンの扉を開け、栞をエスコートしてくれる。

助手席の座り心地はよく、壮吾が気を遣ってくれているのもわかる。ありがたいとは思うけれど、栞には彼が無理に取り繕っているように思えた。

このセダンだって、今日のために用意してくれたに違いないのだ。壮吾はバイクに乗るのが趣味だと言っていたのだから。

もし壮吾と恋人同士になるようなことがあれば、バイクのふたり乗りがしてみたかった。行く場所なんてどこでもよくて、肩肘張らない、自然なデートを体験したいと思っていた。

でもそんな日は永久に来ない。壮吾と栞はもう夫婦になるのだから。

お見合いでも政略結婚でも、由美の言う通り幸せになれる可能性はある。でも栞が壮吾としてみたかったことは、もうできないのだ。

「すごく、お綺麗です。さっきは見蕩れてしまいました、すみません」

車が走り出してから、壮吾が言った。お世辞かもしれない。栞は額面通りに受け取れず、彼のほうを見ずに答える。

「ありがとう、ございます」

何か気の利いた会話でもするべきなのだろう。わかっていても口は開かず、視線は握った手元に落ちたままだ。

望まぬデートだから、ではない。会社でも態度は同じだった。

今日この日を迎えるまで、壮吾とは何度となく顔を合わせていたが、出社の時間を遅らせたり、隣の席なのに用件をメールで済ませたりしていた。壁を作り、言葉少なで、きっと彼は避けられていると感じただろう。

しかし以前のように接することは難しかった。誰の責任でもないけれど、栞の気持ちがおざなりにされている気がして、心を閉ざしてしまうのだ。

「到着しました」

壮吾の声で顔を上げると、そこはなんの変哲もない駐車場だった。

「ここから少し歩かないとダメなんですけど、いきつけのフレンチレストランなんです。料理が美味しいのはもちろん、いつ行っても新しい発見があるんですよね」

有名ホテルの取り澄ましたような店に連れていかれるのかと思っていた栞は、拍子抜けしつつも、どこか嬉しかった。

馴染みのレストランなら、素の壮吾を感じられるかもしれない。わずかではあったが期待を胸に秘め、彼と共に店に向かう。

路地を入った一角に、その店はあった。煉瓦造りで秘密基地のような建物は、ともすれば見落としそうなほど控えめに佇んでいる。

「ここ、ですか?」

「はい。小さな店で、驚かれたでしょう?」

壮吾がハハハと笑い、ドキンとする。彼のそういう何気ない表情が、一番栞をときめかせるのだ。彼女は顔を赤らめながら、大きく首を左右に振った。

「全然そんなことは。可愛らしいお店だと思います」

レストランに入ると、座席数は十にも満たなかった。ふたりは奥のテーブルに案内され、栞は壁を背にして腰をおろす。

キャンドルの照明と木材を基調とした店内は、とても居心地がよかった。

オーセンティックなフレンチではないのか、卓上に箸が用意されているのも、フォーマルすぎなくて安心感がある。

「素敵な、雰囲気ですね」

「気に入ってもらえて安心しました。本当は高級ホテルのレストランなんかのほうが、無難だったとは思うんですけど」

壮吾がどこか自虐的に言うので、栞は真っ直ぐ彼を見て否定する。

「私はこういうお店を知っていることのほうが、素晴らしいと思います。体裁や評判だけを信じずに、探究心を持ってご自分でお店を選ばれているんですから」

「そんな風に言ってもらえて、嬉しいです。初めてのデートだから、気取ったことはしたくなかったんですよ」

初めてのデートという意識が、壮吾にもあったのだ。気持ちが沸き立つ反面、その記念すべき日がこんな形になってしまったことが、泣きたくなるほど切ない。

「これが最初で最後ですけど」

栞が力なく微笑むと、壮吾はビックリした様子で言った。

「そんな、どうしてですか？　これから何度だって、栞さんとふたりで出かけたいと思ってるのに」

一気に捲し立ててから、壮吾は真っ赤な顔で口を覆う。照れた様子で視線を彷徨わせ、栞のほうを見ることができずにいる。

「……すみません、断りもなく名前で」

「いえ、あの、それは構わないです、けど」

名前で呼ばれたことよりも、壮吾が熱くなったことに戸惑っていた。

この結婚は所詮政略的なもの。壮吾が栞と一緒に行動することを、望んでいるとは思わなかったのだ。

栞を愛しているわけではないだろうに、夫としての役目を果たそうとしているのだろうか。それとも、ミエラエレクトロニクスのため？

どちらにしても栞の機嫌を損ねることを恐れているのだろう。この政略結婚が破談になるのは、彼女だって避けたいのだから、そこまで神経質になる必要はないのに。

「お待たせいたしました」

料理が運ばれてきたので、一旦会話は中断した。

すべておまかせのコースらしく、ワインも料理に合ったものが選ばれている。とてもスッキリと軽快な飲み口で、気を許すと飲みすぎてしまいそうだ。

シェフは提供する料理の国籍にとらわれないようで、前菜のあとにはあさりご飯が出てきた。パスタやリゾットならよくあるけれど、炊き込みご飯は初めてだ。

「珍しいですね」

「スペインにある、バスク地方の伝統料理をアレンジしてるんですよ。この香りが堪らないでしょう？」

バターとあさりの旨みが凝縮されたような匂い。食欲をそそられて口に入れると、出会ったことのない極上の味わいが広がった。

「……美味しい」

染み入るような旨みに感激する栞を、壮吾がにこやかに眺めている。

「喜んでもらえて嬉しいです。俺も初めて食べたときは感動したんですよ」

以前、壮吾は自炊すると言っていた。あまり外食はしないのかと思っていたから、こんなに素敵な行きつけの店があることが意外に思える。

「このお店は、どうやって見つけられたんですか？」

「直感、ですかね？　ひとりでふらっと入ったんです。週末はよく外食するんですけど、あんまり美味しいから今は月一ぐらいで通ってます」

食事ひとつとっても、壮吾には冒険なのかもしれない。新たな出会いや体験を求めて、一歩踏み出せるところが彼の魅力だと思う。

「久賀さんのそういうところ、本当に素晴らしいと思います」

意図せずに笑みが零れ、反対に壮吾は顔を曇らせる。切なげに眉根を寄せ、目を伏せて静かに尋ねる。

「久賀さん、ですか?」

もうすぐ結婚するのに、他人行儀だと言いたいのだろう。質問の意図はわかるけれど、気安く名前で呼ぶことはできなかった。

栞はまだこの政略結婚に心から納得していない。当人同士の感情を無視して、いきなり壮吾と夫婦になるのを受け入れたくはないのだ。

「栞さんも、久賀さんになるんですよ?」

また壮吾が、栞の名前を呼んだ。今度はハッキリと意識して。お酒が入ったせいか、彼の言動が少し大胆になった気がする。

「書類上だけ、ですよね」

突き放すような言い方をしてしまい、栞はさすがに後悔した。壮吾は困惑した様子で、返答に窮している。

「すみません、嫌な言い方でした。ただこの結婚は、ふたつの企業の繁栄だけを目的にしているわけですから」

「形がどうであれ、僕は栞さんと結婚したいと思っています」

壮吾は本心を語っているように見えた。こちらに向けられた熱い瞳は、吸い込まれそうなほど純粋で、愛されているのかと錯覚してしまう。

しかしそんなことはあり得ない。会社の業績と利益を考えた上で、という注釈が付くに決まっているのだ。

「物わかりがいいんですね」

またこんな嫌味を……。栞は失言続きの自分にウンザリしつつも、壮吾の本音を探るように尋ねた。

「以前恋愛には積極的になれないようなことを、おっしゃっていたじゃないですか。それが急に結婚だなんて、簡単に受け入れられるものなんですか？」

壮吾は栞の指摘を受けて、悩ましげな顔をした。視線が泳ぎ、彼女を見ることができないでいる。

何度か口を開きかけるのだが、思い詰めた様子で口を閉じた。すぐに答えられないのは、壮吾の中で迷いがあるからだろうか。

「正直に話してくださって、構いませんよ？」

栞が助け船を出すと、壮吾はやっと答える気になったみたいだった。

「……俺の中では、もうけりが付いたことですから」

それ、だけ――？　本当はもっと話を聞きたかったけれど、それ以上掘り下げることはできなかった。

ここから先はただの興味本位になってしまう。栞は壮吾のプライバシーを、いたずらに侵害するつもりはないのだ。

「栞さんこそ、どなたか思い人でもおられるんですか？」

唐突に鋭く問われ、栞は大慌てで否定する。

「まさか。私だってこの結婚に反対ではありません。それが一番だと理解もしています」

ひと息に答えてから、栞は最後に付け加える。

「気持ちが、追いつかないだけで」

「気持ち、が……？」

テーブルに置いた壮吾の拳が、小刻みに動いていた。

「もしかして、それで、だから会社でも、俺を避けてたんですか？」

一目でわかるほどの狼狽ぶりだった。壮吾の雰囲気がガラッと変わり、怒られたわけでもないのに、栞はビクッと身体を震わせてしまう。

まだ気持ちの整理がついていないという意味で話したのだが、壮吾には上手く伝わらなかったのだろうか。

冷たく強ばった壮吾の表情は、まるで愛する人に拒絶された直後のようだ。

なぜそんなに傷ついているのか、栞には理由が思い至らない。彼女はともかく、壮吾は会社のために政略結婚しようとしているに過ぎないのに。

「申し訳ありませんでした。大人げなかったと、思います」

「謝らないでください」

壮吾がすかさず言い、悲痛に顔を歪めたまま続ける。

「謝罪が欲しいんじゃありません。そういうことじゃないんです」

じゃあ、どういうことですか？

なんて聞けるはずもなかった。とてもじゃないが、聞ける空気ではなかった。

壮吾はわずかに唇を噛み、眉間にしわを寄せ、うつむいている。苦悶が滲み出ているようで、声をかけるのも憚《はばか》られた。

栞には見当も付かない。何が壮吾にそんな表情をさせているのか。

もしこの政略結婚が、壮吾にとってても受け入れがたいことならば、やはり進めるべきではない気がする。

「あの」

栞が口を開きかけると、メインディッシュの子羊が来てしまった。彼女が手を付けられないでいると、壮吾は常軌を逸する勢いで猛然と料理を食べ始める。

「温かいうちにどうぞ。見た目は完全にフレンチですけど、唐辛子の香りとパクチーの風味がして美味いですよ」

「は、はい」

慌てて口に入れると、しっとり濃厚なお肉はとても柔らかい仕上がりで、確かに美味しい。しかし壮吾の食べっぷりに当惑して、目の前の料理に集中できない。

「栞さんのお考えは、わかりました」

壮吾は瞬く間に皿を空にすると、有無を言わせない迫力で続ける。

「でも俺は、あなたと結婚します。何があろうと絶対に」

それは栞に対する決意表明のようだった。彼女はどう答えるべきか悩んでいたけれど、彼は彼女の答えを待つつもりはないみたいだった。

「結納の日取りですが……」

壮吾は結婚にまつわる今後の予定を、テキパキと語り始めた。冷静でビジネスライクではあったけれど、彼の瞳には計り知れぬ熱を感じた。

並々ならぬ覚悟で、壮吾はこの政略結婚に臨んでいる。

会社のためという以上の何か、そこにはもしや愛が潜んでいるのでは、と錯覚してしまいそうなほどに。

*

結納は栞の実家で行われることになった。

政略結婚だけあって、結納も正式なものになるのかと思っていたけれど、仲人がいないため壮吾の父親である壮一が進行役をしてくれた。

略式結納とは言っても、結納品も婚約記念品もきちんと用意されている。すべて壮吾が選んだものだ。こういう場合、婚約指輪を贈るのが通例だが、記念品はお揃いの腕時計だった。

壮吾は職場でも付けられるようにと言ったけれど、栞には言い訳のように思えた。婚約指輪は妻となる人を愛する証だ。彼は彼女を愛するつもりがないのだろう。

悲しくないわけではないが、これでよかったのかもしれない。

婚約指輪は女性にとってただの指輪ではない。この結納式のため、そこにあればいいというものではないのだ。

本当なら心から愛し合う人に選んでもらい、特別なタイミングでプレゼントされたかった。そういうイベントを通して、だんだん夫婦になっていくのが理想の結婚だと思うからだ。

でもそれができないなら、婚約指輪などないほうが、かえってスッキリする。いくら高価でも、気持ちがこもっていない指輪を、栞は身につけたくない。箱に入れたままにしておくくらいなら、買わないほうがずっといい。

「さて、これで滞《とどこお》りなく結納式は終了です」

にこやかに言う壮一は、壮吾に比べて優しげで穏やかな雰囲気だった。強引に政略結婚を推し進めるようなタイプには見えない。

清司郎の言ったように、両家、両企業ともに、納得の上で進められた結婚なのだろう。栞には正しいと思えないけれど、誰もが喜んでいるのなら、受け入れるだけの度量はあるつもりだ。

「こんなに優秀で美しい方ですもの、壮吾が早く結婚したがるのもわかるわ」

クスクスと笑う恭子は、由美とは全然違うタイプの女性だった。大企業の社長の妻という雰囲気はなく、クールで自立していてキャリアウーマンみたいだ。

壮吾があまり良家のお坊ちゃんらしくなく、御曹司っぽさもないのは、恭子の教育の賜《たまもの》なのかもしれない。

「母さん、そういう話は今はいいでしょう」

真っ赤になって慌てる壮吾を、栞は初めて見た。なんだか可愛らしいと思うけれど、早く結婚したがるとはどういう意味だろう。

「最初は今企画している企業セミナーが、無事開催されてからと言って」

「そのことなら、ご説明したはずですよ」

よほど恭子にしゃべらせたくないのか、壮吾は彼女の言葉にかぶせ気味に言った。

「このプロジェクトは両企業の行く末に大きく関わってきますから、栞さんとはできるだけ密に話し合える環境を整えたかったんです」

そんな話は初めて聞いた。栞だって新サービスにかける思いは強いけれど、壮吾は彼女以上に意気込んでいるのだろう。

「それだけ熱意を持って、取り組んでもらえるのは嬉しいですよ」

清司郎が微笑むと、壮吾は恥ずかしそうにうつむいた。形だけとは言え義父となる人を前にして、彼も堅くなっているのかもしれない。

「ふたりの新居は、そのプロジェクトによる賃貸住宅なのよね?」

由美に問いかけられ、栞は軽くうなずく。

「はい。一時的な住まいになると思いますし、最新家電が完備されているので、すぐに生活を始められますから」

壮吾が提案したことだが、栞に異論はなかった。自分たちで実際に住むことで、新サービスのメリットデメリットがより明確になるだろうと考えたからだ。

先ほどの壮吾の発言を聞いても、結局彼にとっての結婚は仕事のため、会社のためなのだと思う。ミエラハウスの傘下入りとふたりの結婚をしばらく公表しないのも、話題性を新サービス周知に集中させるためだ。

婚約指輪しかり、新居しかり、栞にだって夢はあった。

でも壮吾と結婚するなら、すべて封印しておかなければならない。少なくとも新サービスが軌道に乗るまでは、何も言うつもりはなかった。

たとえ寂しい結婚生活だとしても、壮吾が臍《ほぞ》を固めたのは、ふたりで食事をしたときに理解している。あのときに、栞もまた迷いは捨てたのだ。

壮吾の妻になるならば、彼と想いは同じでありたい。公私共に彼を支え、この政略結婚がもたらす成果を最大のものにしたい。

それ以外に、ふたりが結婚する意味を、見いだすことができないのだから。

結納を終えたら、次は引っ越しだ。結婚式はさておき、籍だけは先に入れることになっている。

毎日がめまぐるしく慌ただしいけれど、必要な物はほぼ新居に揃っているし、こちらから持っていくのは当座の着替えだけ。もし足りない物があっても、実家までは電車で一時間もかからない距離だから、取りに戻ることだってできる。

そんな状態なせいか、嫁ぐことをあまり重く受け止められない。本当なら実家を出る寂しさを感じるのだろうが、しんみりとした気持ちにもならないのだ。

きっと栞に結婚するという感覚がないからだろう。どちらかと言えば、これは契約に近いものだ。

壮吾に対しての個人的な感情は、より厄介で複雑になり、栞自身どう思っているのかわからないほどだった。出会ったときは確かに好印象だったし、今だって職務に忠実な彼を厭《いと》うわけではない。

ただ結婚相手として、夫としてどうかというと、思考が停止してしまう。プライベートの壮吾をほとんど知らないのだから無理もない。感覚的には仕事仲間と同棲するのと変わらないのだ。

壮吾と一緒に暮らす様を、想像もできないまま結婚していいのだろうか？

何度も自問したけれど答えはでないまま。くよくよ悩むくらいなら、忙しくしていたほうがいい。

結果自らを追い込むようにして、気持ちを紛《まぎ》らわせていたのだが、いよいよその日が来ると、栞とて足がすくむ。

壮吾を待たせてはいけないと思うのに、自室を出る動作が緩慢になって、栞の身体が実家を出るのを拒んでいるみたいだ。

リビングに行くと、壮吾は両親と談笑していた。実に和やかな雰囲気で、両親が彼を気に入っているのが伝わってくる。

目の前の光景を見ていたら、なんの問題もないのだろうと思う。栞だけが土壇場になって、不必要な憂いを感じているのだ。

「お待たせ、しました」

そんな短い言葉でさえ、唇が強ばって上手く発音できない。栞の内にある不安が透けて見えそうで、顔を上げることが難しかった。

「それでは参りましょうか」

壮吾がソファから立ち上がり、栞はうつむいたまま両親に感謝の言葉を述べる。

「これまで、ありがとうございました。行って参ります」

清司郎は照れた様子で「あぁ」とだけ言い、由美はほんのり涙声で「幸せにね」と言った。

何気なく口にしたであろう由美のひと言が、栞の胸に突き刺さる。

本当に、幸せになれるの——？

突然心細さに襲われ、すんでのところで「帰ってきてもいいですか」という言葉を飲み込んだ。まだ何も始まっていないうちから、そんなことを言えば心配させるに決まっているのに。

「必ず幸せにします」

凛とした壮吾の声が響いた。栞が顔を上げると、彼は姿勢を正し、嘘偽りのない笑みを浮かべて、真っ直ぐ両親を見ている。

「栞さんは僕の大切な人ですから」

壮吾の表情は喜びにあふれている。栞と違い、今日のこの日を待ちわびていたみたいだ。彼を見ているとすべて本心からの言葉だとしか思えないけれど、過去にビジネスを優先するような発言もあって、何を信じればいいのかわからない。

「まぁまぁ、若いっていいわねぇ」

由美は恥じらいながら、栞の手を取って優しく握った。

「壮吾さんを信じて、頑張るのよ」

「はい……」

他にどんな返事ができるというのだろう。栞は由美の手をギュッと握り返してから、そっと離した。

両親に見送られながら玄関を出て、壮吾の車に乗り込む。予定ではこのまま婚姻届を提出に行き、新居に向かうことになっていた。

問題なく車は走り出したものの、ハンドルを握る壮吾は無言で無表情だった。緊張しているのかもしれないが、先ほど両親の前で、あんなにもハッキリと栞への想いを言葉にしてくれた人と同一人物だとは思えない。

重い沈黙を漂わせながら、車は役所に到着した。婚姻届はすでに記入済みなので、提出するだけ。職員はごく簡単に書類を受け取ってくれた。

こんなにあっさりと思うけれど、この瞬間から壮吾の妻になったのだ。栞はどこかふわふわした不思議な気持ちで、そっと彼を盗み見る。

壮吾はひと仕事終えて、安堵しているみたいだった。これまでずっと皆の予定を調整し、様々な準備や手続きを一手に引き受けてくれていたのだから当然だろう。

「お疲れ、さまでした。無事、夫婦になれましたね」

壮吾を労《ねぎら》うつもりで、栞は精一杯の笑顔を向けた。彼は彼女を愛しげに見つめ、急に手を握った。彼に触れられたのは初めてで、頬がさっと赤くなる。

「ぁ、あの」

「今どんな気持ち？」

栞に問いかけながらも、答えを待っているようではなかった。壮吾はただ喜びを噛み締めるようにつぶやく。

「俺は最高だよ。この日のために、今まで生きてきたのかもしれない」

そんなに？　もちろん栞にだって感慨はあるけれど、壮吾ほどではない。まだ彼女には現実感がないのだ。

壮吾のこの政略結婚に掛けた熱意。栞はまだ本当のところを、わかっていないのかもしれない。

これから知ることが、できるのだろうか――？

少し怖いようで、どこか楽しみでもあった。栞は壮吾に手を握られながら、未来に思いを馳せるような彼をただ見つめていた。

第四章　ひとつ屋根の下

新しい自宅は、新サービスのモデルルームになっていた部屋だ。新築角部屋の１ＬＤＫで、リビングの一角はデスクライトのある書斎スペースになっている。

冷蔵庫やオーブンレンジはもちろん、家具も備え付けで、ダイニングテーブルにはＩＨコンロ、ソファにはスピーカーが内蔵されており、まさに最新鋭の豊かな暮らしが、引っ越してすぐに実現できる。

それぞれの荷物は段ボール数箱分しかなく、身の回りの物を収納すれば、もう片付けは完了してしまう。

「すぐに新生活が始められるって、やっぱりいいな」

壮吾がソファに腰掛け、満足そうに言った。栞はなんとなく隣に座るのが憚られ、ダイニングチェアに座る。

「そうですね。多忙な人に優しい造りになってると思います。掃除はロボットに任せられますし、洗濯機も乾燥機能が付いてますから」

これだけ便利な家電が揃っていれば、共働きの夫婦でも心強いだろう。手前味噌だが、この新サービスは多くの人々の生活をガラッと変えると思う。

「栞」

突然名前を呼ばれて、栞は飛び上がりそうになった。壮吾がこちらを見ているのがわかるが、顔を向けることもできない。

「こっちで一緒に」

「やだ私ったら、飲み物もご用意せずにすみません。コーヒーで構いませんか?」

緊張のあまり、壮吾の言葉を遮ってしまった。彼は一拍おいてから、寂しそうな声音で言った。

「じゃあもらおうかな」

栞はホッとして立ち上がり、カプセル式のコーヒーメーカーに水を入れた。

専用カプセルを買う必要はあるが、手軽に本格的なコーヒーが飲めるのも、この物件のいいところだ。

「ハァ……」

壮吾に聞こえないように、栞はこっそりため息をついた。

もう夫婦になったのだから、いつまでもこんな態度ではダメだ。

わかっているのに、いざ壮吾を前にすると、あからさまに避けてしまう。動悸が激しくなって落ち着かず、冷静ではいられなくなるのだ。

どうして壮吾の前だと、こんな風になってしまうの――？

政略結婚とは言え、ふたりは縁あって夫婦になった。

仲良くする努力はすべきだし、壮吾はそうしようとしてくれている。彼の心遣いを台無しにしているのは栞なのだ。

もっと上手く立ち回れるはずなのに、本来の栞らしくいられない。自分はこんなに不器用だったのかと、ガッカリしてしまうほどだ。

「どうぞ」

栞がソファまでコーヒーを運ぶと、壮吾は優しく微笑んでくれる。

「ありがとう」

「あの、私も隣で、いいですか？」

一生懸命勇気を出さないと、こんなことさえ言えない。壮吾は真っ赤になった栞を見ると、目を瞬かせて横に腰をずらした。

「もちろん」

「失礼、します」

栞はソファに腰掛け、コーヒーを口に付けた。壮吾はそんな彼女を見つめながら、柔らかく尋ねる。

「美味しい？」

「ぁ、えっと、はい。コーヒーメーカーって生活必需品じゃないので、なかなか手が出しづらいですけど、こういう形で試せるっていいですよね」

夫婦で団らんのはずが、またこんな仕事モードな話題を……。空気の読めない自分が嫌になるけれど、壮吾は相槌を打ってくれる。

「俺もそう思うよ。気軽に試すって考えたら、美容家電なんかを置くのもいいかもしれない」

「いいですね、女性には嬉しいと思います。マッサージ器とかフェイススチーマーは、興味があっても購入するとなると高価ですし」

壮吾は栞の言葉に軽くうなずき、考え込むように顎に指をかけた。

「これは一度ミエラエレクトロニクスのほうで、話し合ってみたほうがいいな。もしかしたら、栞にも会議に参加してもらうことになるかもしれない」

言葉遣いはともかく、こうして話していると、オフィスにいるような気がしてくる。同僚であれ夫であれ、壮吾は壮吾なのだ。

変に意識するから、挙動がおかしくなってしまう。栞はコーヒーをごくごくっと飲み干し、壮吾のほうを向いて言った。

「わかりました。ではこちらのほうで、どういった美容家電を置きたいか、候補をリストアップしておきます」

「うん、ありがとう」

壮吾はお礼を言ってから、すぐに付け加える。

「もちろん今日でなくていいよ。引っ越し作業が早めに終わったとは言え、いろいろあって疲れただろうし」

「さすがに今から仕事はしませんよ。そろそろお夕食の準備をしなければいけませんから」

栞がくすっと笑うと、壮吾はちょっと照れた様子で顔を背ける。

「それも今日はいいよ。家事はふたりで分担したいから、また話し合おう。とりあえず今は、食事がてら近所を散策するのはどう、かな?」

壮吾もまだ自然に栞を誘えないらしい。彼の赤く染まった耳の後ろを見ると、そんなに急がなくてもいい気がして安堵する。

「ぜひ。私もこのあたりにどんなお店があるのか、知りたいです」

振り向いた壮吾はすごくいい笑顔だった。無邪気で、明るくて、真正面から受け止めることができない。

こういう瞬間に、ちゃんと微笑み返せるようになろう。栞は胸をドキドキさせながら、ソファから立ち上がり、外出の準備を始めるのだった。


マンションは駅近物件だけあって、徒歩圏内にスーパーマーケットや食事処も幾つかある。夕食には『ノワール』というダイニングカフェを選んだのだが、想像以上にメニューが充実していて美味しい店だった。

オムナポリタンとホットサンドを堪能したあと、家まで並んで歩いていると、壮吾が口を開く。

「ああいうお店が近くにあると助かるな」

「はい。お伺いしたら、二十三時まで営業されてるみたいなので、夜カフェする人が多いのかもしれませんね」

「遅くまで開いてる店があると、治安の面でも安心だよ。いつも一緒に帰るってわけにはいかないだろうし」

壮吾が保護者みたいなことを言うので、栞はありがたい反面、信用されていない気がしてわずかに憤《いきどお》る。

「大丈夫ですよ。子どもじゃないんですから」

「実家を出たのは初めてだろ？　思ってもみないことが起こるかもしれない。注意をしておくに越したことはないさ」

「意外と心配性なんですね」

琹はからかい気味に言ったけれど、壮吾は真面目な顔をして、じっと彼女を見つめながら答える。

「お義父さんと、約束したんだ。大切な娘さんを預かるんだから、俺の全部をかけて守りますって」

ふたりでそんな会話を——。

清司郎にしたらひとり娘のためを思って言ったのだろうけれど、壮吾は責任感が強いから真剣に約束を果たそうとしてしまうだろう。

その言葉自体は嬉しいし、皆の心遣いに感謝の気持ちはあるけれど、愛情ではなく義務で守られることに違和感がある。

「父がなんて言ったかわかりませんけど、そんなに気負わなくていいですよ」

「別に気負ってなんて。俺自身、心からそうしたいと思ってる」

壮吾は立ち止まり、琹の腕を掴んだ。力加減がわからないわけではないだろうに、驚くほどしっかりと強い。

栞の腕を握る力強さは、決意の表れなのだろうか。瞳もまた熱く輝き、使命感だけではなく、気持ちがあるのではと勘違いしてしまいそうになる。

壮吾が栞を愛しているはずないのに。

「……お気遣い、ありがとうございます」

他人行儀な栞の返答に、壮吾はわずかに顔を歪めた。落胆した様子で、彼女から手を離す。

「礼なんて、言うなよ」

それきり壮吾は言葉を発さず、家まで黙って歩き続けた。彼を傷つけた気がして、栞の胸はズキンと痛む。

やる気を削《そ》ぐような態度が、いけなかったのだろう。

壮吾は素直に清司郎との約束を守ろうとしているだけだ。義務感なら必要ないなんて、栞の個人的な感情でしかない。

部屋の鍵を開け、中に入った途端、栞はすぐに頭を下げた。

「すみません、意地を張っているわけじゃないんです。もう十分大人なのに、庇護されなければならない存在だと思われていることが、悔しくて」

「俺は……、いや、なんでもない」

壮吾は何を言いかけたのだろう。一度は栞を見たものの、彼はすぐに彼女から視線をそらしてしまう。

「今夜はもう寝ようか。風呂、先入る？」

「え、いえ、どうぞお先に」

「じゃあ、お言葉に甘えるよ」

ものすごく自然な感じで言われたから、普通に返事をしてしまったけれど、よくよく考えれば今日は初夜なのだ。

壮吾は、そのつもり、なのだろうか？

だとしても、栞に拒否する権利なんてない。ベッドはふたつあるけれど、寝るのは同じ部屋。壮吾が求めてくるなら、答えるのが妻の役目だろう。

身体が結ばれるなら、愛し愛されてからなんて、もう言えない。気持ちより先に状況が整ってしまったのだし、栞はそれを受け入れたのだ。

壮吾が浴室に向かい、栞はソファに座っていた。身体が強ばって姿勢を崩せず、何度も手を組んでは解くを繰り返している。

男性とお付き合いどころか、懇意《こんい》にしたこともない栞だけれど、抱かれるとはどういうことかくらいは知っている。学校では性に関する授業もあったし、ラブシーンのある小説や映画に触れたことだってあった。

だからきっと大丈夫、と思ったところで、どこかで壮吾との床入りに淡い期待をしていることに気付く。そのくせ愛のない交わりに、反感を抱いてもいるのだ。

この矛盾はなんなのだろう。動物的な本能と理性がせめぎ合い、栞をひどく混乱させていた。

「ハァ、さっぱりした」

壮吾が浴室から出てきた。半袖のTシャツと短パンから逞《たくま》しい腕や足がのぞき、それだけで目のやり場に困ってしまう。

「あの、私もお風呂いただきます」

栞は壮吾と入れ違いにそそくさと浴室に入った。あのくらいの露出は、夏場なら往来でも見かけるというのに。

男性と密室でふたりきり、だから？　それとも壮吾だからだろうか？

どちらにしても、この程度で緊張してしまうなんて、これから先が思いやられる。

ベッドの上ではお互い裸身だと言うのに。

想像しただけで真っ赤になってしまい、栞は大急ぎで服を脱ぎ湯船に浸かった。

相反する感情を抱えてはいても、栞に壮吾を拒むつもりはない。結婚したのだから、夫婦の営みも必要だろう。

覚悟はできているのだ。すべて、任せよう。

栞と違って、壮吾にはそれなりの経験があるだろうし、きちんと身体を磨いて、準備を整えておけばいいだけだ。

いつもより時間を掛けた入浴を終え、栞は肌を上気させながら浴室を出た。壮吾はもう寝室にいるみたいだ。

栞は冷蔵庫からミネラルウォーターを取り出し、ひと口だけ飲んでから、意を決して寝室の扉をノックした。

返事が、ない。

もう一度ノックしようか迷ったが、栞はソッと扉を開けた。明かりはついておらず、壮吾はすでに布団にくるまって、寝息を立てている。

「え……」

初夜を迎えるのだと、勝手に意気込んでいたのは、栞だけだったらしい。壮吾は最初からそんなつもりではなかったのだ。

破廉恥《はれんち》な妄想が恥ずかしいやら情けないやら、栞は穴があったら入りたい気持ちで、自分のベッドに潜り込むのだった。

＊

引っ越してからすでに、一週間以上経っていた。

初めてのふたり暮らしだから、いろいろと上手くやれるか心配だったのだが、まったくの杞憂だった。

壮吾は料理も上手だし、マメで綺麗好き。最新家電の力もあるとは思うが、大抵の家事は完璧にこなしてくれる。

驚いたのはいつも栞がコーヒーのお供にしていた、お気に入りのお茶菓子がさりげなくテーブルに置かれていたことだ。

オレンジピール入りのチョコレートなのだが、取り寄せしかできない商品なので、栞の好みを両親から聞いて、わざわざ注文してくれたのだと思う。

そういう気配りというか、優しさがすごく嬉しかったし、この先の生活に対する不安を取り除こうと、壮吾が心を砕いてくれているのが感じられた。

ただ壮吾は、一度も栞に触れないのだ。そのせいで夫婦というより、シェアハウスで同居しているような感覚になってしまう。

ホッとしている部分もあるにはあるが、残念でもあった。

政略結婚とは言え、妻として見てもらえないのはやはり辛い。

壮吾はけりが付いたと話していたけれど、まだ彼の心には引っかかっていることがあるのだろう。栞にはビジネス上の存在価値しかない気がして悲しくなる。

「佐藤さん、課長がお呼びですよ」

麻衣に肘で突かれ、栞はハッとして立ち上がった。いけない、仕事中なのに。

よそ事に気を取られるなんて、社会人失格だ。これまでそんな失態はしたことがなかったのに、結婚生活の不調がよほど堪えているのだろうか。

「申し訳ありません。何かご用でしょうか？」

栞はすぐに課長の元に行き、頭を下げる。

「先日渡された企画書の件で話があるんだ。久賀君が十一時から会議室を予約してくれてるんだけど、大丈夫そうかな？」

三十分後だ。それならそうと壮吾も言ってくれたらいいのに。

「はい、問題ありません」

姿勢を正して返事をしたものの、モヤモヤした気持ちで自席に戻る。

パソコンを確認すると、一時間も前に壮吾からメールが来ていた。課長から至急話し合いたいと言われて、急遽会議室を予約したらしい。

大事なメールにも気付かないなんて、本当にどうかしている。

ずっと仕事一筋だった反動なのだろうか。壮吾と一緒に暮らし始めてから、彼のことばかり考えてしまう。

「しっかりしなきゃ……」

栞は静かに深呼吸し、集中力を取り戻す。課長に見せる資料を用意しながら、頭を仕事モードに切り替えていく。

あと十分で打ち合わせが始まるというところで、栞は資料を持って会議室に向かった。壮吾はすでに来ており、プロジェクターの準備をしている。

「すみません、メールをいただいてたのに気付かなくて」

「いえ、大丈夫ですよ。資料は揃えてくださったんですよね？」

「はい、それはもちろん」

会社での壮吾は栞をきっちり同僚として扱い、以前と変わらず、むしろ意欲的に仕事に取り組んでいる。

通勤も別々にして、ふたりの関係がバレないよう、細心の注意を払ってくれているのは、発表するときは大々的にということでお互い一致しているからだ。

一方栞は壮吾ほど器用にはできない。

壮吾を過剰に意識してしまって、仕事にも支障が出る始末だ。表面上夫婦生活は順調だから、原因は栞にしかなく、自らのふがいなさに落ち込んでしまう。

「だったら問題ありませんよ。もうすぐ課長もいらっしゃるでしょうし、しっかりプレゼンしましょう」

意気込む壮吾が眩しく、愚痴っぽい自分が嫌になる。以前の栞なら、今の彼と同じくらい仕事に情熱を持っていたのに。

「お、ふたりとも揃ってるね。じゃあ、始めようか」

課長が席に着いたので、栞は資料を渡して向かい側に腰掛ける。壮吾はプロジェクターを使いながら、セミナーの具体的な内容について説明を始めた。

彼の話はわかりやすく、課長も熱心にうなずいている。時折質問を差し挟むこともあり、前向きに検討してくれているのがわかった。

「単刀直入に言えば、とてもいい企画だと思うよ」

壮吾の説明が一段落ついたところで、課長が口を開いた。

「対象者が一般の方ということで、わかりやすく専門的すぎない内容を意識しているし、関心の高いテーマを選んであるとも思う」

課長から否定的な意見は出ない。緊張しながら次の言葉を待っていると、彼は軽くうなずいて微笑む。

「このまま進めて、問題ないんじゃないかな。上には私が話を通しておこう」

「ありがとうございます」

ふたりは同時に頭を下げ、安堵して顔を見合わせる。

「会場が社食というのも、面白いね。ミエラエレクトロニクスの調理家電を使用した昼食を出すなら、食堂にする意味もあるし」

「実際に賃貸物件に備え付けられている商品なので、この機会にオーナーの皆様方にも便利さを体験していただければと考えています」

壮吾の返答を聞き、課長は感心したように言った。

「久賀君は、本当に頼もしいね。ずっとうちで働いてほしいくらいだよ。ねぇ、佐藤さん」

だしぬけに振られて、栞はドギマギしてしまう。

「え、あ、はい。そう、思います」

「まぁ久賀君ほど優秀な人なら、ミエラエレクトロニクスのほうでも、離したくないだろうけど」

「お言葉は嬉しいですが、僕などまだまだです。今回のセミナーについても、見落としがあれば、ご指摘いただきたいのですが」

高く評価をされても、壮吾は謙虚だ。慎ましい言動に、課長はますます彼を気に入ったようだ。

「控えめだねぇ、君は。誰かさんに爪の垢を煎じて飲ませたいほどだよ」

課長は明言しなかったが、淳のことだろうと想像がつく。お世辞にも気付かず、どこまでも調子に乗るような人物なのだ。

「冗談はさておき、そうだな、質疑応答の時間は長めに取っておいたほうがいいね。当日はミエラエレクトロニクスさんの担当の方も来てくださるようだし、事前の打ち合わせをしっかり頼むよ」

壮吾は課長の意見を書き留めながら、真面目な顔をしてうなずく。

「了解しました。アドバイスありがとうございます」

そこで会議は終了した。栞だってもっと発言すべきだったのに、ほとんど何も言えないまま。壮吾の活躍を目の当たりにすればするほど、自分に自信がなくなっていく。

仕事では差を付けられ、プライベートでも距離を置かれている。思い過ごしかもしれないけれど、どんどん溝が深まっている気がして、落ち込んでしまうのだった。

仕事そのものは上首尾なのに、栞自身は空転している。噛み合っていないことに悩み、自席に戻った途端ため息をついてしまう。

「なんか表情が冴えないね。課長に何か言われた？」

淳が声をかけてきて、栞はとっさに身構えて答える。

「いえ、特には。今のところ問題も発生していません」

「そう？　まぁ見た感じ、久賀君とも上手くいってるみたいだけど」

壮吾の名前が出て、ドキンとした。淳はふたりの関係について、何か気付いているのだろうか。

仕事では抜けていることも多いのに、淳は変なところで勘が鋭いから始末が悪い。

栞はそれとなく探りを入れてみる。

「人当たりのいい方ですから、どなたが相手でも揉め事とは無縁だと思いますよ」

「そういうことじゃ」

淳は途中まで言いかけ、得心したらしく急に笑顔になる。

「いや、いいんだ。彼、見た目がいいから、騒いでる女子社員も多いしさ。もしかして佐藤さんも、なんてね」

どうやら感づいてはいないようだが、壮吾を表面だけで判断されたり、くだらない邪推をされたりするのは不愉快だった。

「主任のほうは、最近いかがですか?」

壮吾から話題をそらしたくて、栞は社交辞令的に尋ねた。淳は気にかけてもらえたことが嬉しいのか、勢い込んで話し始める。

「若干キャパオーバーかな? 期待されてるのかもしれないけど、課長にまた仕事振られちゃってさ。本当はソーシャルメディアマーケティングについて、もうちょっと勉強したいと思ってるんだけど」

淳がチラチラと栞の様子をうかがいながら、媚びるように続けた。

「SNSの重要性っていうの? こないだ佐藤さんにいろいろ言われてから、俺も反省したんだよね。もしよかったらちょっと解説してほしいな、なんて」

「構いませんよ」

「え、本当に?」

明らかに驚いているのは、栞が断ると思ったからだろうか。そりゃあ積極的に淳と話したいわけじゃないけれど、業務について理解を深めるのはいいことだ。結果として麻衣の仕事がやりやすくなるなら、少しくらいは我慢すべきだろう。

「じゃあ今夜、一緒に食事でも」

栞の態度が軟化したのをいいことに、淳がずうずうしいことを言い始める。彼の厚かましさに辟易《へきえき》しながら、彼女は引きつった笑顔を向けた。

「すみません、今夜はちょっと」

「あぁごめん。突然じゃ予定もあるよね。じゃあ週末でも」

「いえ。それほど時間もかかりませんので、明日の就業後に一時間ほどいただければ十分です」

これ以上淳が余計なことを言い出したら困る。栞は彼とふたりで食事をする気も、親しくするつもりもまったくないのだ。

「そう、かい？」

淳はどこかしら残念そうな表情を浮かべていたが、栞がそれ以上譲歩しそうにないのを見て、諦めたようにうなずく。

「わかった。じゃあ明日、よろしくね」

「はい。よろしくお願いします」

淳が離れていったので、栞は安堵してノートパソコンを開いた。また自分で仕事を増やしてしまったと思いながらも、ＳＮＳを活用した広報について軽くまとめ始めるのだった。

＊

「佐藤さん」

淳に耳元で名前をささやかれ、全身に鳥肌が立った。とてつもない寒気が襲ってきて、栞は微動だにできない。

「俺の気持ちは、知ってるよね？」

就業後のレクチャーを終えて帰ろうと、淳に背を向けた瞬間だった。いきなり抱き締められ、わけのわからない質問に身体が硬直する。

淳の気持ちなんて知るはずはないし、知ろうとも思わない。彼は栞にとって、ただの先輩でしかないのだ。

「ずっと、君のことが好きだったんだ。でもなかなか言い出せなくて」

ぞわっと、底なしの嫌悪感が込み上げてくる。胸がムカムカして、声を上げたくても唇が強ばり、身体が震えて自由に動けない。

「ぁ……」

なんとか口を開くけれど、やはり声は出なかった。栞が明確な抵抗をしないからか、淳は腕に力を込めてくる。

「久賀君が来て、焦ったよ。君が彼に惹かれていくんじゃないかと、気が気じゃなかった」

もしかして麻衣の言っていた、淳の機嫌の悪さはそれが理由だったのだろうか。栞はてっきり壮吾と組んで、大きな仕事がしたいからだと思っていた。

そんなつまらないことで、麻衣に当たっていたなんて。

わずかに残っていた、淳に対する同情や敬意は、あっという間に霧散してしまった。

あとに残ったのは身の毛がよだつほどの気色悪さだけ。

最早淳を生理的に受け付けられず、彼の汚らわしい腕の中にいることが、疎《うと》ましくて吐きそうになる。

「離して、ください」

やっと声が出た。淳への怒りが栞を奮い立たせてくれ、どうにか腕を振り払うことができる。

「私は主任を、異性として意識したことはありません」

これだけハッキリと言ったのに、淳は諦める様子もなく、栞との距離を再びじりじりと詰めようとする。

「それは俺だけじゃないよね？　君がつれないから、誰も積極的にアプローチできなかったんだ」

「会社で恋愛する気は、ないんです」

後ずさりしながら栞が言うと、淳はひと息に間合いを縮めて、彼女を壁際に追い詰めた。

「男に興味ない振りしてるだけだろ？　今日だって付き合ってくれたわけだし、他の連中に比べれば、俺のこと憎からず思ってるんじゃないの」

よくもまぁ、そんなに自分の都合のいいようにばかり解釈できるものだ。栞が反論しようとすると、淳がこちらに手を伸ばしてくる。

淳の手が頭に接触しそうになり、ぶわっと怖気《おぞけ》が走った。絶対にその汚い手で触れられたくない。栞は壁を背に身体を横にずらしていく。

「近寄らないでください」

栞は力の限り淳をにらむが、彼は下卑た笑みを浮かべるだけだ。気持ち悪い顔をこちらに近づけ、汚らしく舌舐めずりをする。

「君のそういう気の強いとこ、俺は好きだな」

「いや、誰か」

お願い、壮吾、助けて――。

「失礼します」

突然会議室に壮吾が飛び込んできた。祈りが届いたと思った瞬間、彼は淳の腕を掴んで勢いよく栞から引き剥がす。

「何を、してるんですかっ！」

壮吾は肩で息をしていた。きっと栞を探し回ってくれていたのだろう。鬼気迫る真っ青な顔をして、彼がどれほど事態を深刻に捉えていたかがわかる。

きっと栞だけ、だったのだ。淳の危険性に気付いていなかったのは。

「久賀君……？　なんで」

淳は弾みで尻餅をついていた。突き飛ばされた怒りよりも、驚きのほうが大きいようで、呆然《ぼうぜん》と壮吾を見上げている。

壮吾はというと、淳より栞を見ていた。いたわりと思いやりが宿った瞳で、何よりも彼女を気遣ってくれているのがわかる。

本当は大丈夫だと、言いたかった。でも軽くうなずくことしかできない。まだ淳に抱き締められた、薄気味悪い不快な感覚が消えていないのだ。

ただ大事になっていないのは、壮吾も感じたのだろう。多少落ち着きを取り戻したらしく、自らのスーツを整え、淳に手を差し出す余裕を見せた。

「主任に至急ご確認いただきたいことがあって。まだお帰りになっていないようでしたから、探してたんですよ」

淳はパシンと壮吾の手を叩いた。今さら怒りが湧いてきたのか、自力で立ち上がって詰め寄る。

「だとしても、ノックくらいするのがマナーだろ」

「申し訳ありません、急いでいたので」

謝罪の言葉を口にしても、形だけだとわかる。淳もそれを感じてか、ふたりの会話は言い争いに発展していく。

ケンカはしてほしくなかった。諍《いさか》いは何も生まないから。

でも仲裁に入るような気力は栞にはない。ふたりが激しくやり合う声が、さらに彼女を消耗《しょうもう》させ、立っているのがやっとなのだ。

助けてもらっておいて、何も言わずに逃げ出す。壮吾に悪いと思いながらも、栞は淳のいる会議室にはいられなかった。

栞は会社を飛び出し、夢中で駅まで走る。

一刻も早く家に帰り、淳に触れられた場所を石鹸で洗い流したかった。たとえ洋服越しでも、醜悪な劣情にまみれた腕に抱かれた、という事実がおぞましいのだ。

改札を走り抜け、電車に乗って座席に腰掛け、ようやく現状を顧《かえり》みるくらいの余裕が生まれた。もし壮吾が来てくれなかったら、と思うと改めて恐ろしくなる。

あとでお礼を言わなければと思うが、壮吾と顔を合わせるのが怖くもあった。淳をあんな行動に駆り立てたのは、栞に警戒心がなさすぎたせいだろうから——。

玄関を開けて部屋に入った途端、栞は着ていた洋服をゴミ箱に突っ込んだ。脱衣所に入って洗面台に映る自分を見ると、病的なほど青白い顔をしている。

栞はシャワーを浴びながら、何度も何度も石鹸で身体を洗った。皮膚がひりつくほど念入りに。

なんて嫌らしいのだろう。

もう淳の顔は見たくないし、会社にも行きたくなかった。彼のことを考えるだけで虫酸《むしず》が走り、これまで普通に接していたのが信じられない。

お湯をボタボタ滴《したた》らせながら浴室を出ると、壮吾が帰っている気配がした。普段なら絶対にこんなことはしないのに、バスタオル一枚だけを巻いて脱衣所を出る。

「お帰り、なさい」

壮吾は憔悴《しょうすい》し切った栞を見て、愕然としていた。痛ましそうに眉根を寄せ、どういう言葉をかけていいかわからないでいる。

「ありがとう、助けてくれて」

やっとお礼が言えた。

「っ……」

壮吾の姿を見て気が緩んだのか、思わず嗚咽《おえつ》が漏れた。泣くのを我慢できなくなり、栞は両手で顔を覆う。

「うぅ、あぁっ……っく」

「栞っ……」

壮吾が悲愴な声を上げて、栞を抱き締めた。さっき淳に抱きつかれたときとは、天と地ほども違う。彼女を想い大切にしてくれているのが伝わってくるのだ。

「俺がもっと早く、会議室に行っていれば」

後悔の滲む壮吾の言葉に、栞は強く頭を振った。

「そんなこと……すごく、嬉しかった。壮吾が来てくれなかったら、今頃」

栞の肩を抱く壮吾の指先がピクリと動いた。彼はそっと彼女から手を離し、頬を染めてこちらを見ている。

「……初めて、名前で呼んでくれたね」

意識していなかった。心の中では、もう何度も壮吾と呼んでいたからかもしれない。

栞は恥ずかしくなってうつむき、彼は照れた様子を見せたあとで項垂れる。

「こんなときに、ごめん。つい、嬉しくて」

「違うの。ずっと、そう呼びたいと思ってたのに、変に気構えてしまって」

今は不思議と力みが消えていた。あまりにも過酷なことがあったから、本当に大切なものがなんなのか、気付けたのかもしれない。

栞は壮吾の胸に顔を埋めた。少し前なら、こんなこととてもできなかったのに。

張り詰めていた気持ちが弛緩して、壮吾にすべてを預けたくなる。いつまでもこうしていたくて腕を伸ばすけれど、彼はそっと彼女から離れてしまった。

「行かないで……」

自分の声とは思えないほど、甘い。壮吾は困惑した瞳で栞を見つめ、その場を動けなくなっている。

「ぁ……、っと大丈夫、だよ。ドライヤーを取ってくるだけだから」

離れがたいようでいて、すぐにでも去りたそうな壮吾の表情。葛藤しているのか、眉間には深いしわが刻まれている。

栞の熱っぽい視線を振り払うように、壮吾が脱衣所に消えた。栞はふらふらとソファに近づき、ポスッと腰掛ける。

「お待たせ」

壮吾は畳まれたバスローブと、ドライヤーを持って戻った。栞の肩に羽織らせ、長い髪を梳《す》きながら、均等に温風をあてていく。

誰かに髪の毛を乾かしてもらうなんて、いつぶりだろう。時間が経ちすぎて、懐かしいというより、新鮮な感じがする。

「上手、なのね」

「そんなこと、ないけど」

栞の髪が十分に乾き、壮吾はスイッチを切った。彼女の動揺は幾分収まり、さっきまでの状況が異常だと感じる余裕も出てきた。

バスタオル一枚巻いただけで、泣きながら壮吾にすがりついていたのだ。彼は受け入れてくれたけれど、心の底では呆れていたかもしれない。

「……私、あんなことになるとは思ってなかったの。恐怖で頭が真っ白になって、最初は全然動けなくて」

状況を正確に伝えようとしているだけなのに、これでは言い訳みたいだ。自分の無防備さを自覚して、栞は自己嫌悪に陥ってしまう。

「栞は何も悪くないよ。相手の気持ちも考えず急に抱きつくなんて、犯罪に近い行為だ」

「でも私に隙があったから、主任もあんな行動に出たんだと思う」

栞は淳を慕ってなどおらず、好意を示していたつもりもなかったけれど、彼のほうでは違ったのだろう。

可能性があると感じていたようなことを、淳自身が口にしていた。ひどい思い違いだが、誤解をさせたのはきっと栞なのだ。

「そんな風に、自分を責めちゃダメだ」

壮吾が栞の肩を掴み、彼女の瞳を食い入るように見つめた。

「一番傷ついてるのは栞なのに、どうして君が反省する必要がある？」

「私にまったく非がないわけじゃ」

栞の言葉を遮るように、壮吾が唇を奪った。不意打ちだったから、びっくりして身体が固まってしまう。

優しい、キスだった。驚きはしたけれど、少しも嫌ではない。

柔らかい唇から、壮吾の温もりが伝わってきて、気持ちが穏やかになっていく。彼が栞に触れてくれたことが、純粋に嬉しいのだ。

壮吾の息遣いが栞の胸を甘く焦がし、もっと先に進むのかと思ったけれど、彼はキスしたときと同様、唐突に身体を離す。

「……ごめん」

ファーストキスのあとの言葉が、謝罪なのは寂しかった。口づけそのものを否定するみたいで胸が痛む。

「どうして謝るの」

「今は、相応しくなかった」

淳の蛮行により、栞が平静さを失ったのは確かだ。泣きじゃくってしまったから、壮吾は気にしているのだろうけれど、今は落ち着いている。

「私たち、夫婦なんだから。相応しくないときなんて、ないよ」

遠回しに自分は大丈夫だと言ったつもりだったが、壮吾は栞から目をそらし、ドライヤーを持って立ち上がる。

「無理しなくていい。俺もさっとシャワー浴びてこようかな。そのあと、ふたりで晩酌でもしようか」

壮吾が快活に言うのは、話題を変えたいからだろう。このまま何事もなかったみたいに、通常の生活に戻るつもりなのだ。

栞にとってはそれがベストだと、壮吾は思っているのかもしれない。

でもそうしたら最後、壮吾はもう栞に触れはしないだろう。今回のことが脳裏をよぎり躊躇するはずだ。

壮吾に今のキスを後悔させたくなかった。栞は間違いなく満たされ、喜びを感じたのだから――。

栞は自分の気持ちに気付いて、ハッとした。

そう、だ。栞はずっと、壮吾に触れてもらいたかった。同居人ではなく、妻として扱ってほしかったのだ。

壮吾を愛している。彼の胸に抱かれ、その逞しさと熱を感じながら、甘い口づけに陶酔したい。もっと深く繋がりたい。

はしたない欲望に思えるけれど、それが栞の素直な気持ちだった。

政略結婚に囚われていたのは、壮吾ではなく栞のほうだ。愛など生まれるはずはないと、自分の本音から目をそらしてきた。

本当は出会ったときからずっと、壮吾に惹かれていたのに。

「待って、壮吾」

栞はとっさに立ち上がり、壮吾の背中にすがった。

「私、無理なんてしてないから」

立ち止まった壮吾は、ゆっくりと振り返った。眉を八の字にして、すごく困っているのが伝わってくる。

「君はまだ混乱してるんだよ」

「そんなこと、ない」

気持ちは少し昂ぶっているかもしれない。でもそれは淳のせいではなく、壮吾がキスをしてくれたからだ。

「自然な流れを大事にしたいの」

栞はそっと壮吾の身体に腕を回した。大胆な行動だと思うけれど、もう冷静ではいられなかった。彼女の秘められた本能が、彼を求めているのだ。

壮吾が身体を硬くしたのがわかった。緊張と狼狽が伝わってくる。

「栞は普通の精神状態じゃない。あんなに怖い思いをしたんだから当然だよ」

これだけ触れ合っているのに、取り乱してもくれないのだろうか。壮吾の思いやりは十二分に感じるけれど、腫れ物に触るような扱いはされたくない。

「怖かったのは本当だけど、怯えてばかりはいられないでしょう？　仕事は明日もあるんだし」

「しばらく出社しなくていいよう、課長に掛け合ってみるよ。テレワークでも可能な仕事はあるはずだ」

思いがけない言葉だった。壮吾がそんな先のことまで考えてくれていたなんて。

「でも皆に迷惑が」

「大丈夫、俺に任せて。セミナーの準備をするなら、どのみち社外打ち合わせは多くなる。課長も特例を認めてくれると思うよ」

気丈に振る舞ってはいたけれど、淳に会いたくないのは純然たる本音だった。また同じことがあったら、さすがの栞も立ち直れないかもしれない。

「壮吾に、負担をかけるんじゃない？」

「全然。栞のためなら、苦にならないよ。何があっても、これからは俺が君を守るから」

「……ありがとう」

栞は壮吾を抱く腕に力を込めた。素直に感謝を表した抱擁だったけれど、彼はにわかに彼女から離れる。

「気持ちだけで、十分だよ」

壮吾が柔らかく微笑み、洗面所に消えた。彼が栞から距離を取ろうとするのが辛くて、思わず彼を追いかける。

ドライヤーを片付けた壮吾は、シャツを脱いでいる最中だった。引き締まった上半身の裸体が目に入り、栞は目をそらして尋ねる。

「じゃあなぜ、さっきはキスしたの？」

壮吾はまごつき、彼もまた栞のほうを見られない。あんなにも心のこもったキスを後ろめたく感じているのか、また詫びの言葉を口にする。

「悪かった」

「謝ってほしいんじゃないの、私は」

壮吾を愛してると言いかけて、彼が内心怒っているのかもしれないと気付いた。新妻が別の男に言い寄られたら、普通はいい気がしないだろう。

栞のために細心の注意を払ってサポートしてくれているから、すぐには思い至らなかったけれど、一番立腹しているのは壮吾のはずだ。

だからキスをしたのだろうか、栞にわからせるために？

壮吾が栞の夫なのだと、彼女の唇に刻みつけたかったのかもしれない。どんな言葉を並べるよりも、それが一番手っ取り早いから。

やはり、愛ではなかった――。

壮吾のキスがあまりにも優しかったから、栞は勝手に盛り上がってしまった。彼も栞を憎からず思っているなんて、どこまで愚かなのだろう。

「……ごめんなさい。これからは軽率な振る舞いは慎みます」

踵《きびす》を返した栞を、壮吾が後ろから抱き締めた。その腕からは愛おしさが伝わってきて、また勘違いしてしまいそうになる。

「栞」

狂おしく栞を求めるかのような甘い声。ただ名前を呼ばれただけなのに、彼女の身体の奥深くに疼痛《とうつう》が走る。

「違うんだ、軽率なのは俺のほうで」

栞の耳たぶに壮吾の唇が触れている。その部分がじんわり火照って、胸が淫らに掻き乱されてしまう。

「あなたの妻だという自覚が、私には足りなかったわ」

「栞は素晴らしい妻だよ」

壮吾の腕が苦しいほどに力強い。密着するお互いの肉体が、ひどく熱を帯びているのがわかった。栞の首筋に彼の息がかかり、心臓が激しく打つ。

「そんな風に自分を卑下しないでくれ」

懇願する壮吾の言葉を、栞は信じることができなかった。本当の彼は軽はずみな行動を取った彼女を、きっと許していない。

「これは卑下じゃないわ。事実だもの」

腕を解いた壮吾が栞の頤《おとがい》を掴み、素早く口づけをした。今度は蕩けるように激しく、彼女は流されるまま彼の滑らかな舌先を受け入れてしまう。

「……っ、ん……」

壮吾に後頭部を押さえられ、唇を貪られる。さっきのキスとはまるで別物で、ただの罰だとわかっていても、身体が溶けるように疼いた。

「ぁ、んぅ」

自分でも驚くほどの、淫靡な声――。恥ずかしいはずなのに、照れなど感じなかった。静かな部屋に、唾液の絡まるふしだらな音が響く。

ちゅく……ちくっ……

壮吾が栞の舌先を甘やかに吸い上げ、口内を心地よく蹂躙《じゅうりん》する。

いくら愛のないキスだと、言い聞かせてみても無駄だった。罪を意識すればするほど、これまで感じたことのない背徳的な快感が栞を襲う。

「栞、俺は」

荒い息遣いが、壮吾の余裕のなさを表しているようだ。必死で自分を抑えているらしく、栞の両肩を掴んで勢いよく押しやる。

「ダメ、だ」

何が、ダメなのだろう。キスくらいいじゃ、怒りが収まらないのだろうか。

それほど腹を立てているのかと思うと、自分のしでかしたことの重さに押しつぶされそうになる。

「私がダメ、ってこと?」

「違う!」

壮吾は鋭く否定して、堪えがたい様子で栞を見つめる。彼女の両肩を掴む手はひどく震え、喉の奥から絞り出したような声は掠れていた。

「傷ついている君に、なんてことを……」

壮吾が自分を責める必要なんてない。淳にアドバイスを求められたときに、老婆心から断らなかったのは栞自身なのだ。

「壮吾の気持ちは、わかってるから。覚悟はできてる」

栞が壮吾の胸板に手を置くと、彼はギュッと目を閉じて顔を背ける。

「いや、でも」

「悪いのは、私だけだわ」

壮吾は耐え切れなくなったのか、栞の手を握りゆっくりと口元へ運んだ。彼女の反応をうかがいながら、そっと指先を口に含む。

「……栞は、いいのか？」

何を確認されているのか、ちゃんと理解できている。壮吾は唇だけじゃなく、栞の全身に、彼女の夫が誰なのかわからせようとしているのだ。

栞が黙ってうなずくと、身体がふわりと浮いた。壮吾が彼女を抱き上げたのだ。彼の向かう先は寝室しかない。

壮吾は栞をベッドに横たえ、ふたりはしばらく見つめ合う。彼女が意を決して目を閉じると、唇が重ねられた。

「ん……ふっ、ぅ」

壮吾の大きな手が、栞の髪を掻き上げ、額にもキスの雨を降らせる。怒りに任せて強引に扱ってくれればいいのに。大事にされたら余計に切ない。

「壮吾は、優しすぎるわ……」

栞のつぶやきを聞いて、壮吾が耳に口づけしながら言った。

「激しく、されたい？」

されたい、わけじゃない。そうしなければ、壮吾が収まらないのではと、気にしているだけだ。

栞がそっと瞼を開くと、壮吾がこちらを見下ろしている。まだ迷いがあるのか、シーツの上に両手を置いて彼女に確認を取った。

「今ならまだ、引き返せるよ？」

優しさなのか、栞に魅力がないのか。発言の意図がわからず、彼女は身体を起こして尋ねた。

「どうして、そんなこと言うの？」

「……今日の栞は、らしくないから。本当は嫌なんじゃないの？」

嫌なはずなかった。指一本触れてくれない壮吾に、業を煮やしていたくらいなのだから。でもそうとは言えずに、別の言葉を探す。

「あんなことがあった身体には、触りたくない？」

自分で言って泣きそうになってしまい、目尻に指先を添えると、がむしゃらに抱きすくめられた。

「んなわけないだろ、馬鹿……っ」

壮吾は吐き捨てるように言い、荒っぽく続ける。

「あいつに触られたとこ、教えろよ。俺が全部上書きするから」

言葉遣いは乱暴だけど、温かい声音だった。壮吾はその腕でも、言葉でも、傷ついた栞を柔らかく包み込んでくれようとしている。

「み、耳」

栞がささやくと、壮吾は耳朶を食《は》んだ。熱い唇が優しく触れて、甘い吐息が耳をくすぐる。

「ぅ、ん……」

くすぐったくて思わず喘《あえ》ぐと、壮吾は舌を這わせ始めた。外側からゆっくり突き、へこんだ部分に舌先を入れてくる。

「ひゃん」

変な声が出てしまい、栞は恥ずかしくて真っ赤になる。壮吾は唇から耳を離さず、楽しそうにつぶやく。

「耳、弱いの?」

「わから、ない。……ゃ、だって……こんなこと、初めてで……」

「そっか」

壮吾は嬉しそうに言って、さらに激しく耳を吸い始める。水音を立てて執拗に攻められ、身体中が茹《ゆ》だるように熱い。

「も……ゃめ、て」

栞の懇願を受け入れてくれたのか、壮吾が耳から唇を離した。ホッとしたのもつかの間、彼はもう一方の耳を同じように舐め始める。

「っ、ぁ、ダメ」

「ダメじゃない」

壮吾は時間を掛けて、じりじりと舌先を動かし、栞の官能を呼び起こす。耳だけでこんなに感じてしまっては、このあとどうなってしまうのだろう。

「こわ、い」

声が出てしまい、壮吾が尋ねる。

「何が?」

「だっ、て……まだ耳に、キスされてる、だけなのに」

壮吾はクスッと笑って、耳にしっかり唇を押し当てて言った。

「俺は楽しみだよ。もっと、いろんな栞を見たい」

唇が耳から首筋に移動していく。啄《ついば》むように口づけしながら鎖骨に到達すると、壮吾は栞のバスローブに手をかけて言った。

「全部、俺のものだ」

「ぁ」

すべてが取り去られ、栞の胸元が露《あらわ》になる。彼女は恥じらうあまり、ギュッと目を閉じるが、壮吾は彼女の身体を反転させた。

壮吾に背を向けた状態になると、彼は栞のうなじから背骨を伝い、そっと舌先を這わせていく。時折唇を押しつけ、両の手が背中を優しく撫でた。

心地好い……。壮吾を信頼しているから、身体を預けられる。されるがままになっていても不安は一切ないのだ。

壮吾の大きな手のひらから、彼の熱が伝わってくる。肌と肌が触れていると、包み込まれるような安心感で満たされるのだ。

「気持ちいい？」

栞が言葉を発することもなく、身を委ねているからか、壮吾が甘く尋ねた。彼女はうっとりとしたまま素直に答える。

「……うん」

「よかった」

壮吾は安堵したように言い、栞を背中から強く抱き締める。

「栞は、綺麗だよ」

身体が密着して、壮吾の心臓の音が栞の身体に響いてくる。

壮吾も気持ちを昂ぶらせているのだと感じ、栞は思い切って振り向いた。自分から壮吾の首に腕を回し、彼の頬にキスをする。

「優しくなくて、いいから」

発言が大胆すぎたせいか、壮吾は目をパチパチとさせた。参ったなと言うように、栞から視線を外し、天井を仰ぎ見てから尋ねる。

「……煽ってる？」

「違う、けど」

壮吾からしたら、そう見えることに気付く。身も心も彼の妻になれれば、今日の失態が許されるかもしれないなんて、栞の勝手な事情に過ぎない。

「あっ、ん」

唇が唇で塞がれた。激しく鼓動する栞の胸に壮吾の手が添えられ、指先が柔らかい膨らみに沈み込む。

ほんの少し力を入れられただけで、指先が先端に一瞬触れただけで、身体がビクンと跳ねた。現実は想像通りにはいかず、栞には刺激が強すぎるようだ。

「待、って」

「望んだのは、栞だろ？」

壮吾の手つきが一層淫らになった。栞の感じやすい身体は、彼の指先の下で誘うように踊ってしまう。

「っ、ハァ、ぁ」

「栞、俺、もう……」

あれだけ躊躇していたのが嘘みたいに、壮吾は吐息も荒く、栞の身体を貪り始めた。理性が飛んでしまったのか、キスも触れ方もさっきよりずっと過激だ。

それでも不思議と優しくされるより、心は穏やかだった。このほうが罰に相応しいかりそめの情事だと思えるから――。

第五章　すれ違い

翌朝目が覚めると、隣に壮吾はいなかった。シャワーの音がしているから、浴室にいるのだろう。

初めて愛する男性と結ばれた朝は、もっと甘いものだと思っていた。布団の中で睦言を交わし、どちらからともなくキスをするような……。

でもそれは夢物語だ。昨晩の出来事は、栞がしたことの埋め合わせに過ぎない。実際壮吾は、一度も「愛している」とは言わなかった。

もしかしたら、その言葉だけは、大切な人に取ってあるのかもしれない。

忘れられない人がいる、と以前壮吾は言った。かなり幼い頃の話だし、微笑ましい思い出だろうと考えていたけれど、彼にとっては過去ではないのだとしたら。

一途に思っているからこそ、気持ちだけは貞節を守っている。そんなにも壮吾から愛される女性が羨ましかった。

栞は所詮、形だけの妻――。

わかっていたことなのに、胸が張り裂けそうに辛い。情を交わしてしまったから、より一層切なさが募り、涙があふれそうになる。

肌を重ねて温もりを感じても、壮吾の心は一生栞のものにはならない。

やはり政略結婚など、受け入れるのではなかった。壮吾を愛しているから、余計に心がないことが苦しいのだ。

「おはよう」

浴室から壮吾が戻ってきた。型通りの挨拶だけで、他にはなんの言葉もない。栞のほうを見てもくれない。

明らかに栞を避け、彼女を抱いたことを後悔しているようだ。愛のない行為だったから、後味が悪いのかもしれない。

壮吾は無言でクローゼットからスーツを取り出し、手早く着替えてすぐに寝室を出ていこうとする。

「壮吾」

栞はつい用もないのに、壮吾を呼び止めてしまった。彼は足を止めるが、振り返ることなく言った。

「何?」

短い返事が、栞には冷たく響いた。煩わしく思われている気がして、彼女はすぐにつぶやく。

「ごめんなさい、なんでもないの」

壮吾は栞の返事を聞いて、寝室を出た。ひとり残された自分が惨めで情けなくて、我慢していた涙が零れてしまう。

こんなところを見られたら、壮吾に余計な気苦労を掛けてしまうかもしれない。栞自身が政略結婚を承諾したのだから、泣く資格なんてないのに。

「私も支度しなくちゃ……」

栞は手の甲で涙を拭い、目覚まし時計に視線を走らせた。

まだ時刻は早いけれど、今後のことを壮吾と話し合っておきたかった。彼がいろいろと考えてくれているのは嬉しかったが、そう一足飛びにはいかないだろう。

栞は壮吾にならってシャワーを浴びるため、急いで寝室を出たのだった。

熱い湯を浴びると、いくらか落ち着いた。

昨日はあまりにもめまぐるしく、様々なことが起きた。人生でも一度あるかないかの激動の一日で、栞と言えども冷静な判断力を欠いていたと思う。

気持ちを入れ替え、新しい今日を始めなくては。

栞はブラウスの袖に腕を通し、スカートを穿《は》いた。丁寧に手順を踏んでいくことで、いつもの自分に戻っていく感じがする。

「おはよう」

メイクもばっちりして、身支度を整えた栞は、壮吾の向かい側に腰掛けた。彼はコーヒーを飲む手を止めて、やっとこちらを見てくれる。

「……体調は、どう？」

よそよそしい雰囲気ではあったけれど、壮吾は栞を気遣ってくれている。それは愛じゃないかもしれないが、間違いなく誠実な優しさだ。

今はその気持ちだけで十分だろう。少なくとも栞は壮吾を愛していて、彼は彼女を大切に思ってくれている。

これ以上は望みすぎというものだ。栞は壮吾への感謝を込めて、身体に問題がないことを示すように微笑んだ。

「大丈夫よ。今日も出社するつもりだし」

「それは」

「やっぱり、いきなりテレワークは難しいと思うの。主任と顔を合わせるのは嫌だけど、皆のいるオフィスで何かしてくることはないだろうし」

壮吾が悩ましげな表情を浮かべているのは、栞を心配しているからだろう。義務感ゆえだとわかってはいるけれど、それが彼なりの親愛の情なのだ。

抱かれている間だって、壮吾は栞をいたわってくれていた。初めての彼女に対して、強引に奪うようなことはしなかったのだ。

そんな壮吾だからこそ、たとえ栞の一方的な感情だとしても、彼を愛していこうと思える。

「何かあっても、壮吾が守ってくれるんでしょう?」

壮吾は栞の質問に、目をカッと見開いた。

「もちろんだ。二度と主任に手出しはさせない」

力強く断言してくれたことがとても嬉しい。その言葉があれば、栞は勇気を持って会社に行ける。

「テレワークをさせてもらうなら、ふたりの口からお願いするべきだわ。私たちはチームを組んでいるんですもの」

「言いたいことはわかるけど、せめて今日くらいは休んだほうが」

「いいの。もし休んでしまったら、昨晩の出来事が原因だと思われてしまうわ」

淳のことだ、栞に影響を与えたと、調子づくに決まっている。壮吾は眉間にしわを寄せていたが、最後には根負けしたように言った。

「だったら、今日は一緒に出社しよう。それが条件だ」

「え、でも」

ふたりの関係が周囲にバレないようにと、別々の出勤は最初に決めたことだ。栞が迷う素振りを見せると、壮吾がきっぱりと言った。

「たまたま乗る電車が同じになることだってあるよ。俺は栞をひとりにしたくないんだ」

壮吾に譲るつもりはないらしく、それだけ栞を案じてくれているのがわかる。彼自身よく考えた上でのことならば、彼女が頑なに拒否する理由はなかった。

「わかったわ、ありがとう」

「そうと決まれば、早めに出よう。偶然一緒になったにしても、見られる人数は少ないに越したことはないからね」

栞は壮吾の言葉に頷くと、急いで出発の準備をするのだった。

元々壮吾と栞は出社が早く、早朝のオフィスでふたりきりということもよくあったから、特に見咎められるようなことはなかった。

栞はできるだけ普段通りを心がけつつ、テレワーク向きの仕事をより分けていく。対面での打ち合わせも多いが、壮吾の言う通り社外が多いので、必ずしも出社の必要はなさそうだ。

しかしテレワークをするなら、何かしら合理的な根拠がなければならない。昨晩の出来事を話せば納得はしてもらえるだろうが、事を荒立ててしまう。

淳は処罰を受けるだろうが、それで解決するわけではない。栞を逆恨みして余計に状況が悪くなることもあり得る。

栞はもう淳のことを考えたくないのだ。あの出来事を思い出したくもないし、二度と彼と関わり合いたくない。

しかし職場の先輩なのだから、いつまでも逃げ回るわけにもいかず、どうしたものかと悩んでいるのだった。

「おはようございます」

いつもと変わらない様子で、淳がオフィスの戸口に現れた。

淳の姿が目に入った途端、一瞬で鳥肌が立つ。冷や汗が背中を伝い、全身が震えて、身動きができなくなった。

拒絶反応、だろうか？

こんな状況になったのは初めてで、尋常ではない身体の変化が怖かった。きっと栞が考えている以上に、精神は疲弊《ひへい》しているのだろう。

「佐藤さん。課長がお時間取ってくださったので、例の件お願いしようかと思うんですが」

壮吾が声をかけてくれて、金縛りのような状態が解けた。顔を上げると、彼は目を丸くする。栞の顔色は相当悪いに違いない。

淳の出社に気付いた壮吾は、わざと栞の近くにペンを落とした。拾う振りをして、力強い声でささやく。

「俺がついてる。大丈夫だよ」

壮吾の温かい言葉が、栞の心を落ち着かせてくれた。淳の絡みつくような視線は変わらないけれど、本当に大丈夫だと思えるから不思議だった。

「わかりました」

栞は平静を装って立ち上がり、壮吾と連れだってオフィスの外に出た。淳の視線から解放されて、ようやく安堵のため息をつく。

「やっぱりまだ早かったんじゃ」

「ううん。多分時間を置いても同じだと思う。壮吾が側にいてくれたら、ちゃんと頑張れるから」

　栞が自分に言い聞かせるように話すと、彼は悲痛な顔で彼女を見つめる。ここが会社でなかったら、今にも抱き締めそうな勢いだ。

「俺にできることはなんでもするから。絶対に無理はしないでくれ」

「わかってる、ありがとう」

　感謝の言葉を口にしても、壮吾の表情は冴えない。不安でどうにかなってしまいそうだと、彼の瞳が語っていた。

　迷惑をかけている――。

　何よりもそれが辛かった。栞を助けるために、壮吾は仕事を滞らせてしまう。たとえ課長がテレワークを了承してくれても、所詮一時しのぎだ。根本的な解決ができないまま、ずるずるとこんな状況を続けられるわけがない。

　頭では理解しているけれど、どうすればいいかわからなかった。自分が無力なことが苦痛で、ひどくやるせない。

「テレワークの件、課長に軽く話しておいたけど、問題はなさそうだったよ」

　ふたりともが暗くなってはいけないと思ったのか、壮吾が明るく話し始める。

「本当？」

「あぁ。最近テレワークを導入している企業が多いし、入居者からも在宅勤務可能な物件の需要が高まっているからね」

「私の実体験をセミナーにも活かそう、ってこと？」

栞が尋ねると、壮吾が微笑みながらうなずく。

「見学予定の物件は今住んでいる部屋と同タイプだし、俺自身テレワークの経験談を聞いてみたい。課長は俺たちの住居を知らないから、話のリアルさに驚くだろうね」

壮吾はただ栞を救うためだけに、動いていたわけじゃなかった。仕事も含め、すべてがよいほうに向かうよう考えてくれていたのだ。

優秀な人だとは思っていたけれど、ここまでとは思わなかった。壮吾がいてくれたら、この難局も乗り切れるかもしれない。

かすかな希望で、栞の心はわずかに明るくなるのだった。


「嘘、佐藤さん、明日から出社しないんですか？」

社食で麻衣と一緒にランチをしながら、栞はテレワークの件を話していた。もちろん淳との悶着を打ち明けるつもりはない。

心配を掛けるだろうし、淳の不埒な行動を糾弾《きゅうだん》しようとされても困る。栞の望みはとにかく騒ぎを大きくしないこと。

あの日の出来事は、たとえ麻衣であっても知られたくはないのだ。

「そうなの、ごめんなさい」

栞が謝ると、麻衣は間髪容《い》れずに「寂しいです」と言った。

「あーん、佐藤さんがいなくなったら、気軽に質問できなくなりますよ。……主任の愚痴を聞いてくれる人もいないし」

淳の話題が出てドキリとするが、栞は平静を装う。

「愚痴って、最近トラブルあった？」

「目立ったことはないですけど。あ、でも今日はやたら、佐藤さんのこと見てましたよ。なんか目つきがいやらしいっていうか、やな感じですよね！」

いつもなら、そんなことないとフォローのひとつでもするところだが、今日は背筋がゾッとするだけだ。

栞は話題を変えたくて、仕事の話を持ち出す。

「そう言えば最近、ＳＮＳのフォロワー数また増えてるわね。順調にいっているみたいでよかったわ」

「佐藤さんのおかげですよ。投稿をチェックしてもらうようになって、より客観性を持てるようになりましたから」

「フォロワーにウケることと、一般的なお客様に支持されることは別だものね」

「はい。主任の言い方には腹が立ちましたけど、今度のことに関しては、自分を省みるいい機会をもらったと思ってます」

人によって価値観は違うけれど、それを上手く摺り合わせれば、いい仕事にも繋がっていく。様々な意見を戦わせることは、決して悪いことではないのだ。

しかし淳が栞にしたことは、絶対に許されない。彼が彼女にどういう感情を抱いていたとしても、行動に移してはいけないのだ。

また栞の中に嫌悪感が込み上げ、追い払うように軽く首を振って言った。

「ええそうね。テレワークになってからも、メールはいつでも大歓迎だから。気掛かりなことがあったら、なんでも聞いてね」

「ありがとうございます。セミナーについてもこれからSNSで、小出しに情報を出していこうと思ってるので、またアドバイスくださいね」

「もちろんよ。私も楽しみにしてるわ」

栞はなんとか微笑みを浮かべ、これ以上は何事も起こらず、無事にセミナーが開催されることを祈るのだった。

＊

テレワークに移行してから数日が経った。

勝手が違って戸惑うこともあるが、今のところ大きな問題は発生していない。

通勤の負担が減ったのは嬉しかったし、何より淳と顔を合わせなくて済むのは本当にありがたかった。

今日は久しぶりに電車に乗っている。社外打ち合わせのため、ミエラエレクトロニクスに向かっているのだ。

壮吾の同僚に会うと思うと、少し緊張してしまう。栞は何度も深呼吸をして、心を落ち着かせていた。

「そんなに固くならなくていいよ。気のいい奴らだから」

栞の様子を見て、壮吾がクスッと笑う。

「壮吾はいつもより、のびのびしてるみたいね」

「うーん、そうだなぁ。古巣に戻るから、肩の力が抜けてるのかも」

笑顔の壮吾からは、今日を楽しみにしていたのが伝わってくる。

ミエラハウスにいるときには見せない表情で、やはりミエラエレクトロニクスが彼にとってのホームなのだと思う。

「壮吾は、どうしてミエラエレクトロニクスに入社しようと思ったの？」

以前志望動機を聞かれてから、いつか壮吾にも尋ねてみたいと思っていた。彼はちょっと考え込むと、なぜか困った顔で答える。

「俺は栞ほど、明確な目的があったわけじゃないよ。父の意向が大きかったと思う」

「そう、なんだ。壮吾のお父様は、厳しい方のように見えなかったけど」

「まぁね。俺の意志を尊重するとは、言ってくれてた。でも罪滅ぼし、いや恩を返すなら、ミエラエレクトロニクスに入るのが一番だから」

親孝行をしたかったというなら、気持ちはわかる。ただ言い直す前の言葉が、妙に気になった。まるで償いをするかのような言い回しだったからだ。

「今は入社してよかったと思ってるよ。社風っていうのかな、大手企業のわりに個人の価値観を大事にするから、新しい発想が生まれやすいんだ」

壮吾が自然に話を続けたので、気になる言い様について栞は踏み込んだ質問ができなかった。彼のプライバシーに関わる気がしたせいでもある。

「ミエラハウスとは随分違うわね。うちはどちらかと言えば保守的だから、奇抜なアイデアはあまり歓迎されないもの」

「それはそれで大事なことだよ。型破りがいつだって推奨されるわけじゃない。企業である以上、社会から信頼されなきゃならないし」

壮吾はフォローしてくれたけれど、事業内容だけでなく社風まで大きく違う二社が、今後上手くやっていけるのか不安が胸をよぎる。

「っと、次の駅だ」

壮吾が立ち上がったので、栞も彼に続く。電車がホームに入り、ドアが開いた。

ふたりは改札を抜け、駅から十分ほどのところにある、ミエラエレクトロニクスの本社に向かった。

社内に足を踏み入れた途端、受付の女性が声をかけてくる。

「あれ、久賀さんじゃないですか！　お久しぶりです」

「久しぶり、元気だった？」

「はい。こちらに戻られるんですか？」

「いや、ちょっと打ち合わせで来ただけだよ」

その会話を手始めに、いろんな人が壮吾に声をかけていく。彼がいかに慕われ、男女問わず人気があるかよくわかった。

「久賀さーん！」

何人もに話しかけられたあとで、若い男性が手を振りながら近づいてきた。栞に気付くと、彼は慌ててトーンを落とす。

「あ、すみません。お客様とご一緒でしたか」

「こちらは、ミエラハウスの佐藤さんだ」

「いつもお世話になっております。では打ち合わせにいらっしゃったんですね」

「あぁ。今年度中は、この案件に掛かりきりだろうな」

壮吾の答えに、男性はガックリと肩を落とす。

「そうなんですね。早く帰ってきてくださいよ。久賀さんがいないと、どうも士気が上がらなくて」

「何言ってんだ。俺がいるかどうかなんて、関係ないだろ」

一笑に付す壮吾だったが、男性は深刻そうに続ける。

「そんなことありませんよ。部署の空気が悪くなって、こっちは大変なんですから」

「……あのふたり、また険悪になってるわけ？」

「えぇ。久賀さんが間を取り持ってくれてたから、一応回ってましたけどね」

難しい顔をする男性の肩を、壮吾が軽く叩く。

「わかったよ。打ち合わせ終わったら、顔出すから」

「本当ですか？　ありがとうございます。ついでに、例のデータも見てもらいたいんですけど」

「はは、了解」

壮吾は苦笑しながらも、どこか生き生きしている。

これだけ皆から愛されているなら、今すぐ戻ってミエラエレクトロニクスで働くのが壮吾のためなのでは、と思ってしまうほどだった。


打ち合わせは滞りなく終了し、壮吾は約束通り元いた部署に向かった。十五分もからないからと言われ、栞は打ち合わせ相手の女性社員と待つことにする。

「すみません。弊社の社員がワガママを申し上げたみたいで」

「いえ、久賀さん、すごく慕われてらっしゃるんですね」

女性は深くうなずいてから答える。

「後輩だけじゃなく、上司からも一目置かれてて、本当に尊敬できる方です」

「こちらでも評価は高いですよ。できたらこのまま、我が社で働いてほしい、なんて言われてるくらいです」

「さすが久賀さんですね。御社は弊社に比べて、お堅い大手企業という印象が、ってもちろんいい意味でですよ」

誤解を生まないためにか、女性はさらに言葉を付け加える。

「きちんとした企業イメージを守りつつ、ＳＮＳでは遊び心も感じられて、すごくバランスが取れてますよね。今回の協業もすごく光栄に思ってるんです」

ミエラエレクトロニクスの社員が、そういう風に感じてくれていることに驚いた。

過去に見捨てた企業だと見下すこともなく、変に持ち上げることもなく。

経営者が変わり、社員も変わり、時代も移り変わっていく。たとえ社風が違っても、尊重し合うことはできる。

清司郎の言う未来志向とは、まさにこういうことなのだ。

「でも、久賀さんには戻ってきてもらいたいですね」

女性が苦笑しながら言い、切実にそう思っているのがわかる。彼女だけじゃない、今日会った人たちは皆、同じ気持ちのようだった。

「本当に必要とされているんですね」

「ええ。ムードメーカーっていうのもあるんですけど、こちらが何か問題を抱えてると、必ず気付いて手を差し伸べてくれるんですよ」

それはまるで、物語の中のヒーローだ。でも栞は女性の言葉に賛同できる。栞自身、壮吾に助けられたのだから。彼はちゃんと目を配っている。驚くほど広い範囲まで。

「……わかります」

自分の夫を褒められているのに、栞は複雑な心境だった。

壮吾には人を惹きつける資質があり、皆の期待に応える実力もある。

淳といざこざを抱えているからと言って、栞だけが壮吾を独り占めしていいわけじゃない。壮吾の助けを望む人は他にもたくさんいるのだ。

「すみません。お待たせして」

壮吾が戻ってきて、その場はお開きになった。帰る際も彼は、何人かに声をかけられ、そのたびにいつ戻ってくるのかと聞かれる。

「頼りに、されてるね」

「惚れ直した？」

いつになく軽口が飛ぶのは、壮吾がリラックスしている証かもしれない。

「なんて、栞だって同じだよ。上田さん、すごく寂しがってる」

「彼女は後輩だから」

「課長だってそうさ。栞の様子、よく聞いてくれるよ」

壮吾は栞を持ち上げようとしたのかもしれないが、むしろ周囲に迷惑をかけていることに気付かされる。

淳から逃げるために、麻衣を不安がらせ、課長に手間を取らせている。しかもひとりで対処できずに、壮吾の力を借りる始末だ。

栞も二十八だし、それなりの場数を踏んでいる。困難に直面したこともあったけれど、ちゃんと克服してきた。

しかし今回ばかりは、栞ではどうにもできない。淳との話し合いで解決できるとも思えないし、顔を合わせることさえ難しいのだ。

テレワークに移行して表面上落ち着いているように見えても、栞の不在を周囲の人々がカバーしてくれているだけ。戻れるなら早いほうがいいはずだが、今のところその目処さえ立っていない。

「栞?」

壮吾に声をかけられ、黙りこくっていた自分にハッとする。栞は無理矢理口角を上げて、笑顔を作った。

「早く、戻らないとね。いつまでもテレワークってわけにはいかないし」

「焦らなくていいよ。こっちは大丈夫だから」

栞が気に病まないように言ってくれているのはわかるけれど、壮吾を始め多くの人に負担を掛けているのは間違いない。

「主任のことは俺がなんとかするつもりだし、安心して仕事ができる環境になってから、栞には戻ってきてほしいんだ」

壮吾の気持ちは嬉しいが、仕事でもないことで彼を煩わせていることが苦しかった。彼には他にも取り組まなければならない、もっと重要な事柄があるのに。

「……ありがとう」

本当は自分で処理したいのに、淳のことでは何も対応策が浮かばない。今でも恐怖で身がすくみ、壮吾を頼ってお礼を言うことしかできないのだ。

「俺がいるから。栞は何も心配しなくていい」

壮吾はきっと、自分の周りの人皆にそう言うのだろう。彼の手は二本しかないのに、すべてを抱え込もうとしている。

このままでいいはずがない。わかっているのに、壮吾の負担を減らすどころか、彼の重荷になっていることが、ひどく悲しかった。

＊

自宅でテレワーク中、インターホンが鳴った。宅配便か何かかと思い、カメラを確認したら淳がいる。

「嘘……」

栞は思わず後ずさり、バランスを崩してその場に尻餅をついた。あまりにも驚きすぎて、立ち上がることさえできない。

「佐藤さん、いるんだろ。出てきてよ」

こちらが返事をしないせいか、淳は扉をノックし始めた。帰る気がないようなのは、ここに栞がいると確信しているからだろう。

どうして、ここが？

床に尻を付けたまま、バッグまで移動した栞は、震える手でスマホを探し当てた。壮吾の電話番号を表示させるが、仕事中の彼に掛けるわけにはいかないと、すんでの所で思いとどまる。

「話がしたいんだ、佐藤さん」

まだ淳は外で騒いでおり、これ以上は近所迷惑になってしまう。

栞は家具や壁に掴まって、どうにか立ち上がった。必死でインターホンに近づき、通話のボタンを押す。

「駅前の『ノワール』というカフェで、待っていてください。しばらくしたら、向かいます」

栞の声を聞いて、淳がにちゃっと汚らしい笑みを浮かべた。

「わかった。必ず来てね」

カメラから淳の姿が消えて、栞はへなへなと座り込む。

今日は平日なのに、なぜ淳は出社していないのだろう。それに栞の住所をどうやって知ったのか。まだ会社にも引っ越しの件は伝えていないというのに。

理解できないことばかりで、頭が混乱する。寒気で身体が震え、身の毛がよだった。

こんな状態で、淳とまともに話ができるのだろうか。

吐き気を催すほどの戦慄《せんりつ》しかないけれど、家を突き止められた以上もう逃げられない。今は壮吾を頼れないのだから、自分でなんとかしなければ。

栞は悲壮な覚悟で立ち上がると、洗面所に向かった。鏡に映るのは、怯え切った顔。

このままでは淳に舐められてしまう。

いつもより濃いめの厚いメイクをして、パンツスーツに着替えた。一番ヒールの高い靴を履《は》き、どうにか心を武装する。

チェーンをしたままそっと玄関の扉を開けると、近くに淳はいなかった。まだこちらの頼みを聞けるだけの常識は持っているらしい。

栞は静かに深呼吸すると、思い切って外に出た。しっかりとドアの戸締まりをし、『ノワール』に向かう。

もう何度も訪れており、店主とも顔馴染みのカフェだから、もし何かあっても助けを呼ぶことはできるはずだ。

意を決して店に入ると、一番奥の席で淳が手を振っている。満面の笑顔にゾッとするが、なんでもない振りをして歩み寄る。

「今日は、お仕事はどうされたんですか？」

大丈夫、声は震えていない。栞は拳をギュッと握り締め、淳の対面に腰掛けた。

「サボり。有給余ってたし」

あっけらかんと言う淳が信じられなかった。仕事をなんだと思っているのだろう。栞に対する暴挙以前に、人として最低だと思う。

「ご注文は？」

ウェイターが水を持ってきたので、栞はアイスコーヒーを頼んだ。淳はすでにカフエラテを頼んでおり、美味しそうに飲んでいる。

「いい店だね」

栞は淳の言葉には反応しなかった。余計な会話などせず、さっさと本題に入ったほうがいい。

「なぜ、あの部屋に私がいると？」

「あれ以来、佐藤さんと全然話せないからさ。急にテレワークになるし」

淳は質問にも答えず、自分勝手な愚痴を始める。こんなに相手の話を聞けない人だっただろうかと思いつつ、もう一度質問をする。

「私は自宅を知った方法を、聞いてるんですよ」

「久賀君を尾行したんだ」

「なっ」

「突然会議室に入ってきたし、なんかありそうだなと思って。佐藤さんのこと、問いただすだけのつもりだったんだけど、まさか同棲してるなんてね」

まったく悪びれた様子がないのは、尾行が犯罪だという自覚がないからだ。呆れると同時に、その間違った方向の行動力に恐怖する。

「で、いつから一緒に暮らしてるの？」

「答える必要はありません」

栞はてのひらに爪痕が付くほど拳を握り、きっぱりと告げた。

淳は何か言いかけたが、ちょうどアイスコーヒーが運ばれてくる。栞は一気に飲み干し、彼を冷たくにらむ。

「二度と来ないでください。次は通報しますよ」

「そんな強気でいいのかな？　どっちかって言うと、佐藤さんのほうが立場は弱いよね。同棲のこと、会社には秘密なんだろ」

淳は怯むこともなく、ニヤニヤ笑いを続けている。

「だったらどうだって言うんですか？」

「俺がバラしたら、ふたりともマズいことになるんじゃないの。久賀君は出向してる身だし、人事査定に響くと思うけどね」

栞と壮吾は正式に結婚している。やましいことなど何もなく、彼の立場上、人事査定で問題になることもないだろう。

しかしふたりの結婚は、ミエラハウスの傘下入りと密接に関わっている。

ふたつの企業の新しい門出は、最高のタイミングでなければならず、当然今は好ましくない。意図せぬ形で発表すれば、新サービスへの影響も出てくる。

もしそれが原因で、壮吾の実務能力が不当に低く評価されたら——。

そんなことは許されない。栞のせいで壮吾に迷惑をかけることだけは。

「脅す、つもりですか？」

唇の震えを指先で押さえながら、栞は言った。

「まさか」

淳は大げさな身振りで否定し、楽しそうに続ける。

「俺は誰にも言うつもりないよ。可愛い後輩のためだしね」

可愛いに妙なアクセントを付ける淳が、心底気持ち悪かった。睨《ね》めつけるような卑しい視線に晒され、栞は総毛立つ。

「でも、見返りは欲しい。ただで俺を黙らせられるとは、思ってないだろ？」

なんてゲスな男だろう。栞は割れるような頭痛を我慢しながら、尋ねる。

「お金が、欲しいってことですか？」

「それだと、俺にはあんまりメリットないな」

「じゃあ何が欲しいんです？」

「君だよ、佐藤さん」

軽蔑すべき最低の答えに、栞は声を出すこともできなかった。

「とりあえず、今度ふたりで飲もうよ。久賀君の目を盗んで、さ。彼のためを思うなら、それくらいたやすいことだろ?」

栞は何も答えられない。淳が邪な目で彼女を見ていることが吐きそうだったし、彼の要望が今後エスカレートするのもわかり切っていた。

「ま、よく考えればいいよ。君は優秀だから、久賀君のために正しい判断ができるだろうし」

淳が伝票を持って立ち上がろうとしたので、栞はそれを奪い返す。彼に借りを作りたくなかったからだ。

「……ご足労いただいたのですから、私が支払います」

「そう? ごちそう様。気持ちが決まったら、早めに連絡してよ。でないと、また押しかけちゃうかもしれない」

ペロッと赤い唇を舐める淳が、悪魔に見えた。

悄然《しょうぜん》とした栞は椅子に座ったまま動けない。淳はそんな彼女を恍惚《こうこつ》とした、汚らわしい目で見つめ、上機嫌で店を出ていく。

壮吾に相談、はできなかった。

話してしまえば、すべて公にしようと言うだろう。大々的な発表に向けた、入念な計画や下準備を捨ててでも、栞の身を守るために。

——耐えられるはずがなかった。壮吾の足枷《あしかせ》には絶対なりたくない。

問題は他にもあった。もし淳のストーカー行為が漏れれば、新サービスにも暗雲が漂う。マンションのセキュリティに難があると目されかねないからだ。

栞自身もこの一件が明るみに出るのは避けたい。

淳に言い寄られたという事実そのものが、栞にとって耐えがたいのだ。できるなら誰にも、少なくとも両親や同僚など、近しい人には知られたくなかった。

どうすればいい？　穏便に収束させるには——。

今考えられる一番簡単な解決策は、栞が実家に戻ることだ。壮吾とは別れたと淳に告げれば、自動的に脅す理由はなくなる。

しかしそれは、ふたりの離婚を意味する。両親に淳の件を言えない以上、壮吾との結婚生活が不調だと話すしかないのだ。

もちろん離婚という決断が何を意味するか、栞だってわかっている。

婚姻関係を解消するのだから、ミエラハウスとミエラエレクトロニクスの結びつきは弱まってしまうだろう。

だとしても、ふたつの企業が醜聞にまみれてしまうよりはずっといい。

一度は壮吾と結婚したのだから、ミエラハウスの傘下入りが今さら覆ることはないはずだし、公に発表する頃には事態も沈静化しているだろう。

……短い、結婚生活だった。

壮吾に愛されていないことは辛かったけれど、こんなことになるならむしろよかったのかもしれない。愛し合っていれば、きっと別れられなかっただろう。

最初から上手くいくはずなんてなかったのだ。壮吾の心の中には、ずっと誰か別の女性がいたのだから。

栞は決心して立ち上がり、会計を済ませて店を出たのだった。

第六章　計略　～Side壮吾～

栞の様子が、おかしい。

顔は真っ青で、夕食もろくに喉を通らないみたいだ。それとなく尋ねてはみたものの、栞はなんでもないの一点張り。

何かあったに決まっているのに、自分からは打ち明けてくれそうにない。そんなに信用がないのかと思うと落ち込んでしまう。

しかし栞の気持ちを無視して結婚し、あまつさえ抱いてしまった。彼女が壮吾に気を許せないのは致し方ないことなのだ。

ふたりで初めて会食をしたあの日、栞から愛されていないことを知った。

気持ちがないと言われたときは、正直かなり当惑した。栞が壮吾を覚えていなくても、印象は悪くないと思っていたからだ。

壮一を通して結婚の打診をして以降、栞の態度によそよそしさを感じていたのは事実だ。けれどきっと照れているだけだと、都合のいいように信じ込んでいた。

本当に、馬鹿だったと思う。

栞の本心に思い至らなかった。壮吾のほうは、ずっと忘れられなかった愛する人と結婚できる、という喜びで一杯だったのだ。

冷静に栞の立場になってみれば、時間が必要だとわかりそうなものだったのに。でも壮吾はもう、あとに引けなくなっていた。双方の両親を巻き込んでまで、結婚の時期を早めてしまったからだ。

後悔と反省から、せめてベッドを共にするのは待とうと思っていた。手を伸ばせば触れられる距離に栞がいて、自分を抑えるのは大変だったけれど、今度だけは彼女の気持ちを大事にしたかったのだ。

それなのに、淳のせいですべてが狂ってしまった。気丈に振る舞う栞を見ていたら、箍《たが》が外れてしまったのだ。彼女が健気で愛おしくて、発作的にキスしてしまった。

栞の唇は想像以上に柔らかく、陶酔するほど甘やかだった。あれほど恐ろしい目に遭い、傷ついているのがわかっていながら、心を乱した栞につけ込むなんて、最低だと今でも思う。

ここから先は行けない、一線を越えることだけは——。

何度も自分に言い聞かせていたのに、栞が拒まず、むしろ望むような言動を繰り返すから、壮吾の脆くなっていた理性は簡単に崩されてしまった。

栞が普通の精神状態じゃないからこそ、壮吾はもっと慎重でなければならなかったのに。

悔いはあるけれど、栞と初めて結ばれた夜は感動でしかなかった。

勝手な思い込みには違いないが、栞が本心から壮吾を受け入れてくれているように感じたのだ。

長く夢見てきた瞬間——。

ただ栞の透き通るような美しい身体の虜《とりこ》になり、その華奢な肢体からは想像できない熱にたぎり、壮吾は痺れるほど彼女に夢中だった。

恥じらうあまりに声を出せず、身体をよじる栞は、堪らないほど可愛らしくて、思い出すだけで胸が疼いてしまう。

しかし翌朝の気分は最悪だった。自分を軽蔑してしまって、しばらく立ち直れないんじゃないかと思ったほどだ。

栞を全力で守る。今の壮吾にあるのはその気持ちだけだ。

結婚も初夜でさえも、栞の感情より壮吾自身を優先してしまった。男として夫として最低だと思うからこそ、せめて彼女のために何かさせてほしかった。

「……お風呂、先にいただくね」

栞のか細い声で、壮吾は我に返った。彼女の全身からは悲壮感が漂い、まるであの事件があった夜みたいだ。

「あぁうん、どうぞ」

壮吾が答えると、栞が浴室に消えた。

このままじゃダメだ——。

あんな栞は見ていられないし、苦しんでいる彼女に今手を差し伸べられないなら、それこそ夫失格だと思う。

栞が話してくれないなら、壮吾が自力で真相にたどり着くしかない。

いけないことだと思いつつ、壮吾は栞が仕事をしているデスク周りを調べ始めた。今朝出社するときはいつも通りだったのだから、テレワーク中に何かあった可能性が高いのだ。

しかし予想に反して、デスク上に気になる物はない。引き出しに手をかけたところで、壮吾は手を止めた。

栞に断りもなく、開けていいのだろうか?

一瞬迷いはしたものの、栞をあのままにはしておけない。壮吾は思い切って鍵のない引き出しを開けた。

「なっ」

思わず声が出たのは、記入済みの離婚届が入っていたからだ。

わけがわからなかった。どうして栞はこんなものを？

気が動転したまま引き出しを検《あらた》めるが、他は筆記用具や仕事上の書類だけ。離婚届がその中で、あまりにも異質だった。

わざわざ用意したということは、栞に離婚の意思があるのだ。

壮吾は確かにいい夫ではなかったかもしれないが、栞がそこまで思い詰めるほど、新婚生活が破綻していたとは思えない。

しかもふたりの結婚は、政略的なものだ。離婚すれば会社への影響もあるわけで、責任感の強い栞が簡単に決断するはずがない。

考えられるとすれば、離婚しなくてはならないほどの危機が、栞に差し迫っている場合だけだ。

壮吾は事態の深刻さに焦りを感じ、栞の通勤バッグを手に取った。が、すぐに元の場所に戻してしまう。

デスクの引き出しは壮吾が使用する可能性もあるが、栞の鞄の中は完全に私的な領域だ。本人の同意なく見るわけにはいかない。

守るべきは栞のプライベートか、彼女自身か。比べれば一目瞭然だが、彼女を思えばこそ信頼を裏切るような真似はできなかった。

しかし離婚届に気付いてしまった今、このまま引き下がるわけにもいかない。

板挟みになった壮吾はデスクチェアに腰掛け、何気なくゴミ箱に目を留めた。『ノワール』のレシートを見つけ、思わず拾い上げる。

日付は今日の午後。息抜きに出かけるのは構わないが、記載された人数に違和感があった。

ふたり――。一体栞は、誰と『ノワール』に行ったのだろう?

壮吾はにわかに不安を覚え、立ち上がってインターホンの室内モニターを確認した。最新式なので訪問者の履歴が残っているのだ。

「まさ、か……」

映っていたのは、なんと淳だった。そう言えば今日、彼は会社を休んでいた。風邪という話だったけれど、ここまで訪ねてきたのだ。

信じられない。完全なストーカーじゃないか。

ひとりで家にいた栞は、どんなにか恐ろしかっただろう。壮吾に連絡してくれればと思うが、彼女のことだから仕事中の彼に遠慮したに違いない。

どうやってこの家を突き止めたのかは知らないけれど、到底淳を許すことはできなかった。一連の行動は最早犯罪だ。

怒りで正気を失いそうになるが、冷静な判断ができなくなれば淳の思うつぼ。壮吾はゆっくりと空気を吸い、時間を掛けて息を吐く。

明日の仕事帰り『ノワール』のマスターに、話を聞きに行こう。

栞と話し合うのは、そのあとだ。

いつの間にか握り締めていたレシートのしわを伸ばしながら、壮吾はそう心に決めるのだった。

＊

「こんばんは、マスター」

壮吾が『ノワール』の中に入ると、マスターは一瞬ドキッとした顔して、すぐに営業用の笑みを浮かべた。

「いらっしゃい」

マスターの様子を見るに、栞はやはり淳とここに来たのだろう。壮吾はカウンターに腰掛けながら、エスプレッソを注文する。

店内はそこそこ混んでいるが、カウンターにいるのは壮吾ひとりだ。マスターが注文品を持ってきたのと同時に、話を切り出す。

「マスター、ちょっといいかな？」

「なんだい？」

「昨日、栞がここに来たよね？」

しわくちゃのレシートを見て、マスターは驚きつつも答えてくれる。

「来たよ」

「男と一緒だった？」

直球の質問に、マスターは弱った様子で頬を掻いた。

「うん、まぁ、そうだね」

「この男？」

壮吾がインターホンからアプリに転送した、淳の写真を見せると、マスターは黙ってうなずく。

「ふたりはどんな様子だった？」

「どんなって言われても、じろじろ見るわけにはいかないし」

「じゃあ、和やかな雰囲気だった？」

とんでもないという風に、マスターは両手を左右に振った。

「男のほうはやたら機嫌がよかったけど、奥さんは意気消沈してたよ。あれじゃ脅迫されてると言っても、おかしくないくらいで」

マスターの印象が正しいのだろう。さすがの淳も今日は出社して、いつも通りを装っていたけれど、ふたりのマンションを突き止めただけで満足するはずがない。

「会話の内容はわかるかな？」

「そこまでは……。ちらっと同棲がどうとか、聞こえた気がしたけど」

壮吾と栞が、ということだろうか。淳はふたりが結婚しているとは思わないだろうから、会社に隠れて同棲していると思ったのかもしれない。

淳はそのことで、栞を脅しでもしたのだろうか？

「ありがとう、マスター。お釣りは取っておいて」

壮吾は伝票の上に札を一枚置くと、エスプレッソを飲み干した。詳しいことは栞に聞こう。彼がそこまで知っているとわかれば、彼女だっていつまでも口を閉ざしはしないはずだ。

「ただいま」

家に戻ると、カレーのいい香りがした。

「おかえりなさい」

栞は壮吾を迎えてくれるが、表情は暗い。思い詰めているようで、見ていて痛々しいほどだ。

「今日はカレーなんだ？　嬉しいな」

壮吾の陽気な言葉にも、栞は笑顔を引きつらせるだけ。

早く栞を解放したいが、せっかく食事を作ってくれたのだから、話は夕食後のほうがいいだろう。

壮吾が着替えてダイニングに向かうと、湯気の立つカレーとグリーンサラダが並んでいる。

「いただきます」

お店で食べるスパイスたっぷりのカレーもいいが、何も奇をてらわない、オーソドックスなおうちカレーはやはり落ち着く。

「うん、美味い。家に帰ったら、奥さんの手料理が待ってるなんて、こんなに幸せなことってないよ」

壮吾は正直な気持ちを言ったつもりだが、栞はなぜか申し訳なさそうだ。

「備え付けの、自動調理器がすごく便利なの。材料を切って入れるだけで、あとはほったらかしだから」

「それはミエラエレクトロニクスが、働く女性の味方をしてるってだけだろ？　栞が俺のために準備してくれたことが嬉しいんだよ」

「……ありがとう」

栞は沈んだ笑みを浮かべ、壮吾の胸は締めつけられる。

そんな顔するなよと言いたかったけれど、淳のことが解決しない限り、栞が心から笑える日は来ないのだ。

壮吾は黙って食事に集中し、残りのカレーを平らげた。栞が食べ終えたのを見計らい、彼は皿を持って立ち上がる。

「片付けは俺がやっとくから、栞は休んでて」

「壮吾こそ、ゆっくり」

「いいから」

無理矢理栞を座らせ、壮吾は食器を洗い始める。精神的にかなり参っているはずなのに、いつもと変わらず食事を用意するのは大変だっただろう。

栞は何も言わないけれど、壮吾にできることは率先してやって、彼女の負担を少しでも減らしたかった。

「壮吾、話があるの」

食器を洗い終えると、栞がダイニングテーブルに座って言った。こちらにも話はあるからちょうどいい。

「何かな？」

壮吾が栞の向かい側に腰掛けると、彼女は一枚の紙を広げた。

「離婚しましょう」

引き出しの中に入っているのを見なければ、もっと動揺していただろう。栞の前で取り乱さずに済んだことはよかったと思う。

「嫌だ」

壮吾が理由も聞かずに断ったので、栞は狼狽して言った。

「仕方ないの。これ以上結婚生活を続けられない」

「主任のせいでか」

栞がピクッと身体を震わせ、壮吾は更に核心を突く。

「この家まで、来たんだろう？」

「どうして、それを」

驚いた栞が視線を彷徨わせた。あれだけ思い悩んでいる姿を見せておいて、壮吾が異変を感じないとでも思ったのだろうか。

「インターホンの履歴に残ってたんだよ。『ノワール』でふたりが、会ったことも知ってる」

栞は壮吾が気付いているとは、露ほども想像しなかったらしい。無造作に離婚届を引き出しに入れていたのも、彼が見るとは考えなかったのだろう。

いつもの思慮深い栞らしくない。それほどまでに追い詰められているわけで、胸が痛いと同時に、淳への怒りで腸《はらわた》が煮えくり返りそうになる。

「主任に、何を言われたんだ？」

意識して穏やかに尋ねるが、栞はうつむくばかりだ。

「……壮吾に迷惑をかけたくないの」

「迷惑なわけないだろう！」

壮吾は思わず声を荒らげてしまい、すぐに謝罪する。

「すまない。俺はただ夫として、妻を守りたいだけなんだ。俺たちは夫婦なんだから、どんなことだってふたりで乗り越えていける」

結婚とはそういうものだ。栞だって壮吾と助け合うことを、否定したくはないはずだが、彼女は強く首を左右に振った。

「離婚して私が実家に戻れば、すべて解決するのよ」

「ちょっと待ってくれ。まだ」

「もう決めたの」

栞はキッパリと言って立ち上がり、壮吾が引き留める間もなく、洗面所に入って彼の目の前で扉をバタンと閉めた。

壮吾は扉をノックしながら、栞と会話を試みようとする。

「栞、聞いてくれ。俺は」

「これ以上話す気はないわ」

「俺たちの結婚は、企業同士の結びつきを強化するためのものだ。離婚すればどうなるか、栞だってわかってるだろう？」

こんな言い方はしたくなかった。壮吾は栞を愛しているし、ただ彼女と離れたくないだけなのだ。

しかし取り付く島のない栞と話を続けようとするなら、会社のことを持ち出すしかなかった。彼女はミエラハウスのために、この結婚を受け入れたのだろうから。

扉の向こうは不自然なほど静かだった。栞から返事はなく、彼女が声を殺して泣いているのではと怖くなる。

「栞？　聞いているのか？」

壮吾は扉に張りつき、怯えの混じった声をかけた。しばらくすると、洗面所で水が流れ、ザバザバと顔を洗っているような音がする。

「結びつきよりも、会社の存続のほうが大事よ。ミエラハウスにもミエラエレクトロニクスにも、たくさんの社員がいるんですもの」

「存続？　君は何を」

「話はこれで終わりよ。お願いだから、もう黙って」

栞の声はピシャリと厳しく、壮吾はそれ以上声をかけられなかった。

しかし何を言われようと、諦められるはずはない。栞は壮吾にとって、生涯ただひとりの女性だ。彼女を手放すことなど、できるわけがないのだから――。

＊

翌日の午前中は栞のことが気掛かりで、あまり業務に集中できなかった。昼食を取って仕切り直そうと、立ち上がったら淳に捕まってしまう。

「これから昼飯？　よかったら一緒にどう？」

栞にストーカー行為を働いておいて、どの面下げて壮吾を誘うのだろう。正直姿を見るだけで虫酸が走るが、淳の企みを見抜けるかもしれないと思い直す。

「えぇ、もちろん」

壮吾はにこやかに答え、ふたりで食堂に向かう。

「最近、仕事はどう？」

「順調ですよ。ミエラエレクトロニクスとの打ち合わせも、上手くいっていますし」

「へぇ、そうなんだ」

自分から聞いてきたくせに、淳は興味なさそうだ。それ以上話を広げることもなく唐突に尋ねる。

「それで、佐藤さんのほうは？」

栞の動向が気になるにしても、話の持っていき方というものがあるだろう。

まるで隠す気がないのかと思えるほどわざとらしく、自分は同棲のことを知ってるんだと、壮吾にアピールしているみたいだ。

「どうして、僕に聞くんです？」

壮吾がしれっと尋ね返すと、淳は言い訳がましく言葉を並べる。

「それはだって、同じプロジェクトに携わってるわけだし。テレワークでも、頻繁に連絡は取ってるんだろ？」

「さぁ、元気なんじゃないですか。とりあえず業務が滞るようなことはないですね」

「だったらいいんだ」

安心した様子の淳を見て、壮吾は探りを入れられていたのかもしれないと思う。

淳はあからさまな態度を取って、栞が壮吾に相談したかどうか、確かめようとしていたのだろう。

実際は淳が家まで訪ねて来たことを、壮吾は知っている。

しかし栞にどんな要求をしたかまではわからないわけで、警戒心が緩んだ今なら、それとなく聞き出すことができるかもしれない。

「でもテレワークだと、コミュニケーション不足になるので、その辺は心配してるみたいですね」

「わかるよ。気軽に雑談できないし、孤独を感じちゃうんだろうな」

「もう少し周囲との接点を増やせばいいのかもしれませんが」

反応を見つつ会話を誘導していくと、淳は得意げにうなずいている。

「久賀君の言う通りだよ。飲みニケーションはもう古いって言われがちだけど、お酒を通じて連携を高めるのは大事だと思うなぁ」

「そうですね。お酒を飲むと開放的になって、親密度も高まるでしょうし」

淳は壮吾の言葉に同意して、聞いてもいない武勇伝を話し始める。

「実はここだけの話だけどさ、合コンでお持ち帰りしたことがあって……」

くだらない話を聞き流しながら、壮吾は淳の悪巧みをおぼろげに推察する。

以前から淳は栞を酔わせて乱れさせたい、というような趣旨の発言をしていた。きっとふたりきりでの、食事か飲みの誘いをしたのだろう。

通常なら栞は断ったと思うが、壮吾と暮らしていることを黙っている代わりに、と詰め寄られたに違いない。

本当に卑劣でゲスな男だ。

どうせ一度きりで終わらせる気はないだろうし、食事だけで満足もしないだろう。

栞がこの汚らしい男に、迫られるところを想像すると反吐《へど》が出そうになる。

早急に、なんとかしなければ——。

淳の態度を見れば、栞との食事はまだ決定ではないのだろう。壮吾に彼女の様子を聞かねばならないくらいだから、連絡もろくに取れていないはずだ。

離婚という結論は、栞もよくよく考えてのことだったのだと思う。壮吾にとっては青天《せいてん》の霹靂《へきれき》だったが、彼女にとっても悲壮な覚悟だったに違いない。

淳から不埒な要望を突きつけられ、脅しに屈するのではなく、そもそもの結婚自体をなかったことにしようとしたのだろう。

昨日栞は会社の存続のほうが大事だと言ったが、淳の悪行が明るみに出て、スキャンダルになってしまうのを恐れたのかもしれない。

自分たちだけで解決できればと思っていたが、淳をこれ以上暴走させないためにも、専門家に相談するほうがいいだろう。

壮吾はミエラエレクトロニクスの企業内弁護士と話をするため、早めに仕事を切り上げる決意をするのだった。

「栞、これは一体」

いつもより帰宅が遅くなった壮吾を迎えたのは、随分と物の減った部屋だった。その代わりに段ボール箱が増えている。

「見てわかるでしょう？　少しずつ荷造りしてるの」

栞が行動に移り始めているのは、離婚の気持ちが固まっている証拠だ。壮吾は一刻の猶予もないと知って、真剣な顔で言った。

「俺は離婚するつもりなんてない」

「もう決めたと言ったはずよ」

「ちゃんと話し合ってくれるまで、離婚届に判は押さない」

端《はな》から押す気はないけれど、会話すら拒絶する栞には、他に言いようがなかった。

彼女はしばらくこちらを見ていたが、諦めたようにため息をつく。

「……食事にしましょう。着替えてきたら？」

ひとまず休戦を受け入れてくれたのでホッとするが、栞が翻意してくれたわけではない。弁護士と相談し、壮吾なりの解決策を考えてはいるけれど、彼女を説得できるかどうかはわからないのだ。

壮吾にとっては夢にまで見た栞との結婚生活だが、彼女にとってはそうじゃない。政略結婚で愛のない相手と、強制的に夫婦にさせられたのだ。

もし淳のことは口実で、ただこの結婚を早く終わらせたいと栞が願っているなら、壮吾には何もできない。むしろ彼女のために、離婚すべきなのだ。

あぁ、そんなことはとても、とても受け入れられない。

せめて同居する前なら、身体を重ねる前なら、涙を呑《の》んで栞を諦めたかもしれない。どんなにか辛くても、耐えられたかもしれない。

しかし今ではもう、無理だった。栞のいない人生なんて考えられない。

心の底から愛する女性を腕に抱くその悦《よろこ》びを知ってしまったら、もう元の自分に戻ることなどできはしないのだ。

部屋着に着替えた壮吾は、不安を胸に抱きながら、ダイニングチェアに腰掛けた。

テーブルには春巻きや海老団子のクルトン揚げなど、随分と凝った料理が並んでいる。クラゲとキュウリの中華和えやスープもついて、なんとも豪華なラインナップだ。

昨日カレーだったことを気にしているのかもしれない。

「いただきます」

春巻きを噛むと、熱々の餡がジュワッと口の中に広がる。豚肉の旨みを吸った春雨やタケノコの歯ごたえも楽しく、店で出しても通用しそうだ。

「うわ、美味いな。こんなに料理上手なんて、びっくりしたよ」

壮吾が思ったままを口にすると、固かった栞の表情がほろっと崩れる。彼に褒められたことが嬉しかったみたいだ。

「料理教室に、通ってたから。普段は時間がなくて、あんまり手の込んだものは作らないけど」

「いやいや、毎日これは無理だよ。たまにでも作れるだけすごいと思う。この海老団子も本当に美味いなぁ」

外はサクッと香ばしく、中はプリッとジューシーで、いくらでも食べられそうだ。昼は淳と一緒で食べた気がしなかったこともあり、壮吾は二杯も白米をおかわりして、存分に夕食を堪能してしまう。

健康的な食事はメンタルにも影響するのか、一日中落ち込んでいた気分が少し晴れやかになった気がした。

「はぁー、ごちそう様」

壮吾が手を合わせると、栞は久しぶりに笑顔を見せてくれた。

「こんなに美味しそうに食べてくれるなら、頑張った甲斐があったわ」

「俺は今日に限らず、栞の料理は全部美味いと思ってるよ。栞の負担にさえならないなら、これからだって毎日食べたい」

栞は壮吾の言葉を聞き、ほのかな笑みを引っ込めてしまう。

「そういうこと、言わないで。私たち離婚するんだから」

「栞はそんなに俺と別れたいのか？」

「だって、仕方ないじゃない」

答えになっていなかった。追い詰められて視野が狭くなっているだけなら、まだ望みはある。

「どうしてやましいことのない俺たちが、主任から逃げなきゃならないんだ」

「傘下入りの発表前に、事を荒立てたくないの」

「栞の気持ちはわかるけど、離婚だけが解決方法じゃないだろう」

頼ってさえくれれば、こちらには案を提示する用意があるのに、栞は頑なに首を左右に振るだけだ。

「……一番いい方法なのは、間違いないわ」

「なぜ離婚にこだわる？　栞らしくもない、どうして他の選択肢を探そうとしないんだ」

壮吾の問いに、栞も思うところがあるのか、黙ってうつむいてしまう。何か秘めた想いがあるようで、彼は思い切って尋ねる。

「今度のことは、栞にとって渡りに船だったのか？」

「どういう、意味？」

栞が訝しんだ顔を上げ、壮吾は躊躇いがちに口を開く。

「つまり、最初から俺と離婚したくて、主任のストーカー行為を理由にしてるんじゃないかって」

「そんなわけないじゃない！」

栞がドンとテーブルに手をついて立ち上がった。

普段の栞にはない激しさで否定され、壮吾はショックと同時にどれほど彼女を怒らせたかを悟った。それは侮辱に対する怒りだった。

栞は淳の件をだしにするような人じゃない。よく、わかっていたのに――。

離婚を口にされるたび、壮吾も少しずつ追い詰められていたのだろう。

栞から愛されていないなら、彼女が望まない結婚なら、身を引くことが一番の思いやりかもしれない、と。

「どうして離婚を拒むの？　私のことなんて、愛してもいないくせに！」

壮吾が黙っているからか、栞はさらに思いをぶちまけた。

気持ちを昂ぶらせ、感情のままに叫び、見る間に涙をあふれさせる栞は、壮吾の知らない彼女だった。

栞を傷つけてしまったという後悔は、しかし、すぐに霧散する。彼女の言ったことが聞き捨てならなかったからだ。

「愛してない？　俺はそんなこと一度も」

「政略結婚を推し進めたのは壮吾でしょう？　会社同士の結びつきのために、私を利用したんだわ」

栞の瞳は絶望を宿し、壮吾に背を向けて去っていこうとする。彼は憤慨《ふんがい》と悲しみに支配され、立ち上がって彼女の腕を取った。

「ちょっと待ってくれ。栞が相手じゃなきゃ、結婚なんてするわけない。強引だったかもしれないけど、それは」

「この期《ご》に及んで、言い訳なんかしなくてもいいのよ」

「言い訳なんかじゃない！」

罵《ののし》るように激しく打ち消した壮吾を見て、栞が固まってしまう。

こんな風に栞を怒鳴りたくはなかった。彼女を脅かすつもりもない。でもさっきの彼女の言葉は、どうしても受け入れられなかった。

たとえ政略であっても、壮吾はこの結婚を実現させるために、これ以上ないほど細心の注意を払い、準備してきたのだ。

「俺を愛してないのは栞のほうだろう？　初めてふたりで食事をしたときに、気持ちがないとはっきり言ったじゃないか」

「え」

意図せず口から漏れ出てしまったような驚きの声。栞は瞳を大きく見開き、呼吸も忘れてただじっと壮吾を見ている。

ようやく瞬きした栞の瞳から、涙のしずくが落ちた。

栞は力尽きた様子でごく弱く微笑むと、過去を回想するかのように、見るともなく窓の外に目を向けた。

「……気持ちが、追いつかないと言ったのよ」

続けるかどうか迷う素振りをしてから、栞はおもむろに口を開く。

「壮吾とは政略結婚なんかじゃなく、もっとゆっくり、恋人から始めたかったの」

「そん、な」

ビックリしすぎて、声が上擦っていた。

柄にもなく浮かれていたあの日、栞の気持ちを知って心を痛めたけれど、すべては壮吾の早合点だったのだ。自分だけ舞い上がっていたことが情けなくて、それ以上彼女の想いを聞こうともしなかった。

結婚という大事な決断をするのだから、意地を張っている場合ではなかったのに。

なぜ胸の内をうやむやにしてしまったのだろう?

後悔と自責の念で、言葉が出ない。お互いに愛し合っていたなら、全然違った展開があった。初夜の日だってもっと素敵な、思い出深いものにできただろうに。

「私、壮吾を愛しているわ」

栞がぽつりとつぶやいた。その言葉はまるで、彼女の一方的な熱情のように聞こえる。寂しげで、胸が苦しくなるような響きだ。

「あなたに抱かれたとき、はっきりとわかったの」

思わず栞の腕を離し、自らのシャツを掴んでいた。栞の顔つきがあまりにも切なく、壮吾は言っても仕方のないことをつぶやいてしまう。

「あんな形で、結ばれたのに」

「どんな形でも、愛する人と初めて過ごした夜を、否定はしたくないわ」

栞は眉を八の字にして、それでも口角を上げてくれた。

許して、くれるつもりなのだ。栞の気持ちを誤解し、心はすれ違ったまま、身体だけ交わってしまったことを。

「栞、俺は」

「主任のことを口実にって壮吾は言ったけど、半分はそうかもしれない。あなたには政略結婚なんかじゃなく、ずっと忘れられない愛する人と結婚してほしいの」

栞はそこで言葉を切り、うつむいて静かに付け加える。

「壮吾には、幸せになってもらいたいから」

忘れられない人がいる、そう確かに話した。

でもそれは、栞のことだ。匂わせるようなことを言って、もし彼女が思い出してくれたらなんて。

どうしてあんな馬鹿なことをしてしまったんだろう。余計なことを口走って、栞を不安にさせて、彼女を意味もなく追い詰めてしまった。

もっと素直に愛していると言えばよかったのに。あまりにも長く想いを心に秘めていたから、容易には口にできなくなっていた。

似つかわしいワード、相応しいシチュエーション、そんなものにこだわって。正しく気持ちを伝えるという、一番大事なことを疎かにしていた。

「忘れられない人っていうのは、栞、君のことなんだ……」

壮吾は頭を抱え、立ち尽くしていた。自分の考えなしの言動が、こんなにも栞を苦悩させることになるとは。

「嘘」

栞もそのあとを続けられない。壮吾の言葉を信じ切れないのか、もしくは衝撃が大きすぎたのかもしれない。

「本当だよ」

両手を下ろした壮吾は、真っ直ぐ栞の目を見て続けた。

「栞は覚えていないみたいだけど、俺たち同じ保育園に通ってたんだ。君は勇敢で格好よくて、いじめられてた俺を守ってくれた」

沈黙が流れた。身じろぎもできないほどの静けさだ。

栞は今、必死で思い出そうとしてくれているのかもしれない。

壮吾は祈るような気持ちで栞の言葉を待った。再会してすぐ話しておけば、こんなことにはならなかったのにと、ひどく悔恨しながら。

「……もしかして、あの小さな」

自信なさげな栞の言葉を聞いて、壮吾は強くうなずく。彼女は両手で口元を押さえ、まだ半信半疑の瞳をしている。

「俺、随分成長しただろ？」

もう思わせぶりな態度は必要なかった。壮吾は栞の両肩を掴み、ずっと前に言っておくべきだった言葉を口にする。

「俺には栞しかいない。君じゃなきゃダメなんだ」

栞は呆然としており、戸惑うままに尋ねる。

「私が勘違いを、してたの、ね？」

「悪いのは俺だ。君が言うように、もっとゆっくり恋人から始めればよかった」

そこから先は言うべきかどうか迷う。さすがに恥ずかしいと思ったけれど、これ以上すれ違うのはもうたくさんだった。

「一日でも早く、一緒に暮らしたくて」

栞は目をパチパチとさせた。すぐに顔を赤らめ、両頬に手を添えて、壮吾から視線をそらす。

「ぁ、その、本当に？」

ここまで来たら、隠すことなど何もない。壮吾は恥も外聞もかなぐり捨てて、すべて打ち明けることに決める。

「最初は時間を掛けて、距離を縮めるつもりだったんだ。でも主任から、栞を狙ってるような発言を聞かされて、焦ってしまった」

「主任がそんなことを……」

栞は無意識なのか、自分を抱き締めるような仕草をした。

「だからあのときも、すぐに駆けつけてくれたの？」

「ひと足、遅かったけどね」

「何言ってるの、壮吾は十分早かったわ。あの程度で済んだのは、本当に幸運だったと思ってる」

栞が壮吾の手を取り、ギュッと強く握った。

「ありがとう。壮吾はずっと、私のことを守ろうとしてくれてたのね」

「……お礼なんて、やめてくれ。俺はずっと空回りしてた」

「それは私も同じよ」

悔やんででもいるのか、栞が目を伏せた。時間を掛けて言葉を選びながら、ゆっくりと続ける。

「私ね、ずっと壮吾の優しさが怖かったの。優しくされるたび、幻の愛にすがろうとする自分が惨めに思えて」

栞の言動の裏に、そんな感情があったなんて――。

どれだけ愛し合っていても、伝わっていなければ、お互いを傷つけるだけだ。栞にいらぬ心労をかけてしまったことが、ただただ悲しい。

「ごめん、俺が」

壮吾が謝罪しようとすると、栞は微笑みながらそれを遮る。

「違うの、謝ってほしいんじゃなくて。壮吾の愛が本物だったことが、今はすごく嬉しいの」

壮吾は栞に手を掴まれたまま、そっと腕を引いた。彼女の柔らかな手を、口元に持ってきてキスをする。

栞のわずかな動きが伝わり、壮吾の官能を刺激した。目が合ったふたりは、どちらからともなくお互いの身体をしっかりと抱き締める。

「もう絶対に離さない」

壮吾が栞の頤を掴むと、彼女は口づけを予感して目を閉じた。唇を重ねると、待ち望んでいたかのように舌先を受け入れてくれる。

「ぁ、ん」

これが、本当のキスだ。身体だけじゃない、心が繋がっている。

気持ちを確認し合うように、お互いの舌がゆっくりと絡まり、もっと先へと壮吾を急《せ》かす。誘惑するように甘く、蕩けるように熱い口づけだ。

「ゃ、だめ……激し」

栞のつぶやきに、壮吾は我に返った。名残惜しいが今はここまでにしよう。まだ解決すべき問題はあるのだ。

「主任に何を言われたか、話してくれる？」

壮吾が穏やかに尋ねると、栞は躊躇うようにうつむいた。まだ彼女の中で迷いがあるらしく、なかなか口を開いてくれない。

「大丈夫、俺を信じて」

さらにトーンを抑え、壮吾は安心させるように言った。栞はやっと心を決めたのか、顔を上げて話し始める。

「壮吾と同棲してることを、会社にバラされたくなければ、今度ふたりで飲もうと言われたの」

そんなことだろうと思った。最初のハードルを低くして、徐々に栞を懐柔《かいじゅう》し、自分の思い通りにしようとしているに違いない。

「それで栞はなんて」

「まだ何も」

栞は自らの両肩を抱き、怯えるように続けた。

「主任は私からの連絡を待ってるのよ。無視すればまた、家に来るって」

ただの脅しだと思いたいが、淳ならやりかねない。

次もまた大人しく帰ってくれるとは限らず、無理矢理家に上がり込むかもしれない。

下手をすれば、取り返しのつかないことになってしまう。

「きちんと話をしてみよう。俺たちは結婚してるんだから、何もやましいことはない」

「私や壮吾の立場を隠して、納得してもらうことは難しいわ。ミエラハウスの傘下入りを発表するまで、波風を立てたくないのよ」

栞の心配もよくわかる。ミエラハウスの社長令嬢に狼藉《ろうぜき》を働いたと淳が知れば、自暴自棄になる可能性は十分あった。

会社をクビにならないまでも、出世の見込みはまずないのだから、マスコミにあることないことぶちまけるかもしれない。週刊誌に面白おかしく書き立てられでもしたら、スキャンダルになってしまう。

「だったらこちらの事情を隠して、主任が自主的にミエラハウスを去ってくれるよう、働きかけていけばいい」

壮吾の発言を聞いて、栞は驚いた顔をする。

「それができれば、一番いいとは思うけど……」

「実は少し考えてることがあって、ミエラエレクトロニクスの弁護士に相談したんだ。幸い知り合いの探偵事務所を紹介してもらえた」

弁護士や探偵という言葉が飛び出したので、栞はさらに目を丸くした。事が大きくなるのを懸念してか、愁いを帯びた表情をする。

「何を、するつもり？」

「主任の身辺を洗ってもらおうと思うんだ。ああいう人だから、脛に傷のひとつやふたつありそうだし」

「弱みを握って、脅すってこと？」

「そこまでは考えてないよ。ただ何かあったときに、こちらにも切り札があると交渉しやすいと思ってね」

栞は少し考えて、軽くうなずく。

「いいかも、しれないわ。調査をしてもらえば、解決の糸口が見つかるかもしれないし」

「賛成してくれてよかった」

「でも調査には時間が掛かるんじゃない？　それまでどうしたら」

「俺が時間を稼ぐよ。使い捨てのメールアドレスを作って、栞の代わりにやり取りする。主任の機嫌を損ねないように、上手く言葉を選ぶよ」

一瞬ホッとした顔をした栞だが、すぐ悲しそうに目を伏せた。

「ごめんなさい、壮吾にそんなことまでさせて」

「何言ってるんだ。栞を守れるなら、どんなことだってする。打ち明けてくれて、嬉しいよ」

壮吾は栞の腰に腕を回し、再び強く抱き締めた。

もう大丈夫だという気持ちを込めて――。

＊

壮吾が淳とメールのやり取りを始めて、二週間が過ぎた。

周囲に知られたくないので、新しいメールアドレスを使うと伝えたら、淳は疑問を抱くどころか、ふたりだけの秘密だと好意的に受け止めてくれた。

文面には執拗な誘いと、脅しに近い言葉が幾つもあった。淳を刺激しないよう、当たり障りのない範囲で話に付き合いつつ、適度に受け流す。

第三者である壮吾だからできたことで、栞なら相当に消耗していただろう。メールの代役を買って出て、本当によかったと思う。

「こちら、報告書になります」

調査が一段落したと連絡を受け、壮吾は探偵事務所に来ていた。受け取った報告書に目を通すと、予想通り素行の悪さが目に付く。

「結構な頻度で高級料亭に行っているようですが、これは接待を受けてるんですよね？」

「はい。食事のあとは女性のいるクラブなどに、場所を移動するのがお決まりのコースですね」

接待を受けること自体は、法律で禁止されているわけではない。しかしこう頻繁に同じ企業からとなれば、何がしかの便宜を図った見返りだと考えるのが自然だ。

「金銭の授受はいかがですか？」

「そこまでは確認できておりません。恐らくないかと思われます」

さすがの淳も賄賂を受け取るほどの度胸はないようだ。収賄の現場を押さえられれば簡単だったが、それでもやりようはある。

「わかりました。次に彼が接待を受けるときには、事前に教えてもらえますか？」

「畏まりました」

そんなやり取りがあってから三日後。探偵事務所から知らせを受けた。とある料亭に某企業からふたり分の予約が入ったらしい。

壮吾は時間より早めに料亭に向かい、店の前で淳の到着を待った。

「久賀、君？」

淳が壮吾に気付き、声を上げた。バツが悪い様子なのは、企業の接待担当者らしい男性と一緒だったからだろう。

「奇遇ですね。今日はどうされたんですか？」

白々しく尋ねると、淳は慌てて隣の男性を見た。

「いや、あの、これは」

「そちら、ミエラハウスの販促品を製造していただいてる、業者の方ですよね？　打ち合わせですか？」

「あぁ、まぁ」

「こんな高級料亭で、月に何度も？」

壮吾が淳に詰め寄ると、隣の男性は顔面蒼白で、逃げるように背中を向けた。

「すみません、風見さん。今日のところはこれで」

「え？　ちょ、待ってください」

淳は男性を追いかけることもできず、壮吾をにらみつける。

「なんなんだ一体。俺は何も後ろめたいことは」

壮吾は淳の相手はせず、わざとらしく提案した。

「おやおや、お連れの方は帰ってしまいましたね。立ち話もなんですし、今日は僕がごちそうしますよ。ドタキャンは店に悪いですから」

「いや、俺は」

いくら淳と言えど、この状況で素直に奢られるほど厚顔ではないようだ。慌てて帰ろうとするが、壮吾はガッチリ掴んで逃がさない。

店の人には事情を話し、予約されていた個室に通してもらう。席に着いた淳は、どこか怯えた様子でつぶやく。

「……何が、目的なんだ？」

「彼女がお世話になったようですので、ひと言ご挨拶をと思いまして」

壮吾がにこやかな表情を浮かべると、対照的に淳の顔がさっと青くなる。

「知って、たのか」

「ええ」

「だったら、お互い様だろ。君も同棲を会社に黙って」

「僕は全然構わないんですよ。今すぐ公にしても」

淳は驚いた様子でビクッと身体を震わせたが、壮吾は穏やかな態度と言葉遣いを崩さずに続ける。

「ただ彼女が僕の立場を慮ってくれているので、その気持ちを大事にしたいだけなんです。もちろん彼女の身に何かあれば別ですが」

しん……と場が静まり返った。

壮吾の言わんとすることが、淳にもわかったのだろう。彼は食事が終わって店を出るまで、ただのひと言も口を利かなかった。

*

当初はいつ仕事をしているのかと疑うほど、数時間ごとにメールが来ていたけれど、淳はあの日を境にぱったり連絡してこなくなった。後ろめたいことはないとうそぶいていても、罪の意識はあったのだろう。

しかしまだ安心はできない。淳が報復を考えているかもしれないし、逆恨みしている可能性もある。栞が職場に復帰するためには、彼の存在そのものが危険なのだ。

できれば淳には、自らの意志で退職してもらいたかった。

しかし、荒っぽいやり方も好ましくない。

何かいいきっかけがないかと、淳の身辺調査を継続して動向をチェックしていたのだが、とある女性と懇意になったという報告があった。

それ自体はご勝手にという話なのだが、相手の女性がどうもきな臭い。

大手企業の社長令嬢を自称し、淳に逆玉の輿《こし》をちらつかせているようだ。露骨な結婚詐欺だと思うが、強欲な彼には見抜けないのだろう。栞を思い通りにできなかった落胆も、目が曇っている要因のひとつかもしれない。

少々気の毒ではあったが、これはチャンスだと思った。ここで淳の背中を押すことができれば一気にけりをつけられる。

「来週末、予定ある？　ウィンザースイートのブライダルフェアに、一緒に行ってほしいんだけど」

壮吾が切り出すと、栞はきょとんとした顔をする。

「ウィンザースイートって、ミエラハウスが施工した高級ホテルよね？　別に結婚式は関連企業にこだわらなくても」

「いや、フェアに行くだけでいいんだ。主任が恋人と来ることになってるから、ふたりの結婚の後押しができたらと思って」

話が飲み込めない栞は、キョロキョロと視線を泳がす。

「え、ちょっと待って。主任、結婚するの？」

「と言うか、どうやら結婚詐欺に遭ってるらしいんだよ。相手の女性は社長令嬢を自称してるみたいでね」

栞は壮吾の話を聞いてじっと考え込んだ。状況を理解した上で、彼の思惑を探り出そうとしているようだ。

「上手く主任をおだてて、寿退社してもらおうってこと？」

「あぁ。主任は立身出世に目がないし。結婚すれば、自動的に社長の椅子に座れるくらいの算段はしてるんじゃないかな」

「……でしょうね」

淳の性格は栞のほうがよく知っている。表情が浮かないのは、良心が咎めているからだろう。

「同情はするけど、これは主任の身から出た錆《さび》だよ。成功すれば、一番いい形で幕引きができるはずだ」

今の淳はふたりに興味を失っている。近々正式に結婚して、会社にも伝えるつもりだという説明だけで、十分納得してくれるだろう。

「わかったわ」

栞は心を決めたらしく、自分自身を鼓舞するように続ける。

「今なら政略結婚の件を伏せたままでも、余計な詮索はしてこないでしょう。自分の将来のことで、頭が一杯のはずだもの」

これで決まりだ。あとは淳に悟られないよう、上手く会話を誘導するだけ。壮吾もまた褌《ふんどし》を締めて掛かろうと思うのだった。

*

いよいよ、その日がやってきた。ウィンザースイートは日本でも有数の高級ホテルだけあって、集まったカップルたちも心なしか畏まっている。

壮吾はシャツにジャケットット、栞もシフォンブラウスにプリーツスカートとフォーマルな装いをしている。彼女のスカートが歩くたびドラマチックに揺れて、その麗しさに思わず見惚れてしまう。

「あれ、佐藤さんと久賀君？」

栞の美しさに目を引かれたのは、淳も同じだったようだ。彼は連れの女性と共に、こちらに近寄ってくる。

淳から接触してくれたのは正直ありがたいが、無神経だなとも思う。自分がしたことや料亭での一件はすっかり忘れてしまったかのようだ。

「奇遇ですね、こんなところで出会うなんて。もしかして主任も結婚のご予定があるんですか？」

さすがに見え透いていたかなと思ったけれど、淳はまったく疑念を抱いてはいないようだ。頭に手をやって、へらへらと笑っている。

「まだ決定ってわけじゃないんだけどね。彼女が一度ブライダルフェアに行ってみたいと言うから」

「初めまして、三島千佳《みしまちか》です」

お辞儀をした女性は、なかなかの美人で所持品も高価なものばかり。これでは淳がコロッと騙されても仕方がない。

「綺麗な人だろ？　しかも彼女、とある企業の社長令嬢らしいんだよ。ハッキリ言わないんだけど、名前からして三島物産だと思うんだ」

こちらが何も聞かないうちから、淳が壮吾に耳打ちしてくる。そういう立場の女性に、自分が選ばれたことが相当嬉しいらしい。

「お似合いのカップルですね」

栞が怯えを隠して淳をおだてると、彼は「いやぁハハハ」なんて照れ笑いをしている。

「淳さんは、本当に素敵な方なんですよ。私が失恋してカフェで泣いていたら、ハンカチを差し出してくれて」

千佳が腕を絡めて仲の良さをアピールすると、淳はデレッと鼻の下を伸ばす。完全に彼女に夢中のようだ。

「ここだけの話、彼女のお父さんの会社で働くことも考えててね」

淳はそっと千佳から離れ、ふたりにだけ聞こえるように言った。彼女にはお金目当てだと思われたくないのだろう。

「え、主任辞められるんですか？」

栞が驚いて見せると、淳は気持ちはわかるとでも言いたげにうなずく。

「寂しくなるだろうね。でも彼女と結婚すれば、いずれは社長だろ？　仕事を覚えるなら早いほうがいいし」

「そう、ですか……。主任の実力を存分に発揮できる場所が他にあるのでしたら、それも仕方ないかもしれませんね」

社交辞令だと感じ取れそうなものだが、淳は一向に気付いていない。栞に同情するかのように、上から目線で物申す。

「頼りになる先輩がいなくなるのは不安だと思う。だけど佐藤さんはしっかりしてるから、俺がいなくても広報部を引っ張っていけるよ」

淳はすでに退職の意思を固めているらしい。千佳にしたら誤算かもしれないが、そんな彼でなければ、これほど簡単に騙すことはできなかっただろう。

「ここに来たってことは、ふたりも結婚するんでしょ？」

栞を脅していた同じ口で、よく表情も変えずにそんなことが聞けるなと思う。壮吾は額に青筋を立てつつも、笑顔で答える。

「はい。こちらで挙式をするかどうかはわかりませんが、検討させていただこうと思っています」

「だったら、会社には早めに言ったほうがいいよ。黙ってるのはよくないから」

暗に同棲のことをほのめかしているつもりなのだろう。料亭では怯えていたが、退職を視野に入れた今、淳にはもう怖いものはないようだ。

「じゃあ俺たちはこれで。今からプランナーと打ち合わせなんでね」

「ご忠告、ありがとうございました」

こちらが頭を下げると、淳は千佳を伴い満足そうに去っていく。ふたりの姿が見えなくなってから、栞は大きなため息をついた。

「上手く、いったわね……」

「あぁ。すべてを手中にしたと思い込んで、他のことは目に入ってないんだろうな」

呆れはするものの、ようやく何もかもが終わった。

壮吾が栞の肩を抱くと、彼女は心から安堵した笑顔を向けてくれる。こんなに明るい表情は久しぶりで、壮吾もまた胸を撫で下ろすのだった。


家に戻ったふたりはコーヒーを飲みながら、ウィンザースイートでもらった資料をパラパラとめくっていた。淳のことが一応の解決を見たのだから、ふたりの結婚式についても、本格的に決めていかなければならない。

「栞はどんな結婚式にしたい？」

正直壮吾にこだわりはない。結婚式は女性のものだと思っているし、花嫁にとって後悔のない式にしたいだけだ。

栞は少女のように頬を染め、指先を合わせて恥じらいながら答える。

「私、ドレスじゃなくて白無垢を着たいと思ってるの。ウィンザースイートの方には申し訳ないけど、結婚式も神社でしたいなって」

普段は本当にしっかりしていて、颯爽と仕事をこなしているのに、今は真っ赤になってオドオドしている。その落差が堪らなく愛おしくて痺れてしまう。

まだ恋を夢見ているんじゃないか――。

栞を見ていると、そんな風にすら思える。結婚して身体を重ねて、それでもまだ彼女は純粋な乙女なのだ。

「栞は和装が似合うと思うよ」

壮吾は軽くうなずいてから、冷静に続ける。

「仮にチャペルでするにしても、主任のことがあるし、ウィンザースイートは避けたほうがいいだろうね。結婚式の前にはこの部屋も引き払おう」

「いいの？」

すぐに尋ねるところを見れば、栞も考えていたのだろう。もう淳が来ることはないと思うけれど、万が一という可能性はある。

「引っ越しが簡単なのがここのいいところだからね。主任が転職と結婚に気を取られているうちに、済ませたほうがいいかもしれない」

ホッとした顔をした栞だったが、すぐに目を伏せてしまう。

「ごめんなさい、余計な手間を増やして」

「俺はいろんな部屋に住めて嬉しいよ。セミナー開催前に、自分自身で体感できるって大事だと思うし」

壮吾は朗らかに言って、栞の手を取った。しなやかな指に己の指を優しく絡め、そっとこちらに引き寄せる。

「何より俺との結婚生活に、ほんの少しでも憂いを感じてほしくないから」

栞は壮吾に手を握られたまま、はにかんだ笑顔を向けてくれた。

「憂いなんて、何もないわ。壮吾が側にいてくれるだけで、私は安心できるもの」

「本当にそう、思ってる？」

じっと栞の瞳を見つめても、彼女は疑うことを知らずにうなずく。

「ええ、もちろん」

「俺が突然狼になっても？」

栞はとっさに壮吾の手を振り払い、上気した顔でつぶやく。

「そんな風に聞いてくれる人は、狼になんてならないわ」

「なろうと思えばいつでもなれるよ」

壮吾はスッと椅子から立ち上がり、座る栞を背中から抱き締める。彼女の華奢な肩がびくんと震えて、このままベッドまで連れていきたくなった。

栞の綺麗な黒髪をソッと耳にかけてから、壮吾は彼女の首筋に唇を寄せる。

「初夜のやり直し、したくない？」

動揺が栞の耳にも表れていて、可愛らしいほどピンクに染まっている。壮吾は愛しさを堪え切れずに、もう一度ねだるように言った。

「俺、いろいろ落ち着くまで待ってたんだけどな」

長い睫毛のせわしない動きから、栞の戸惑う顔が目に浮かぶ。困らせるのが楽しいなんて、ちょっと意地悪かもしれない。

「……今、から？」

「うん」

即答すると栞がクスッと笑った。

壮吾は嬉しくなって、彼女の傍らに膝をついた。王子が姫にかしずくように、手を取って彼女を見上げる。

「身も心も、俺のものになってくれませんか？」

半分ふざけたような仰々《ぎょうぎょう》しさだったけれど、言葉は本心だった。

栞が欲しいという気持ちと、彼女を大切にしたいという気持ちがせめぎ合い、アクシデントのようなあの夜から、壮吾はずっと我慢し続けてきた。

「はい」

ものすごく照れながら、栞が小さな声で言った。彼女も壮吾の言葉を、待っていてくれたのだろうか。

「栞も実は、したかった？」

恥ずかしそうに唇を結び、真っ赤になった栞は、黙って目をそらすと、わずかにうなずいてくれる。

あぁなんて、可愛いんだろう。

誰もこんな栞を知らない。壮吾だけが知る彼女の一面を、今から思う存分独り占めできるのだ。

「じゃあ我慢しなくてもいいね？」

壮吾は立ち上がると、椅子に座る栞を軽々と抱き上げた。

「ゃ、ちょ、待って」

「嫌だ。ずっと待ってたって、言っただろ？」

栞をベッドまで運ぶと、壮吾は自分からシャツのボタンを外し始める。彼女は怯えた様子でこちらを見ながら言った。

「あの、シャワーは」

「このままがいい」

「でも」

「俺は栞の汗の匂いも好きだよ」

正直に言ったのに、栞はベッドから飛び上がるほど恥ずかしがる。

「ダメ、そんなこと言わないで。私、お風呂に」

暴れる栞の腕を押さえつけ、壮吾は彼女にキスをした。閉ざされた唇を舌先でこじ開け、コーヒーの残り香を楽しむ。

「ん……、あっ、ゃ」

蕩ける口づけに酔った栞は、徐々に抵抗する気力を失っていく。火照った顔をして、荒く息をする彼女は、自分がどれほど壮吾を誘っているか知らないのだろう。

「そんな顔されたら、抑えが利かなくなるんだけど」

「え、ぁ、だって、我慢、しないんでしょう?」

不思議そうな瞳で見つめる栞には、焚《た》きつけているという自覚がないのだ。あの夜も純粋無垢な心で、壮吾の欲望を受け止めたのかと思うと堪らなくなる。

「あぁもう、ダメだ、可愛すぎる」

本当はもっと優しくしたいのに、この愛らしい人を前にすると、衝動が抑えられなくなってしまうのだ。

シフォンブラウスの裾から指先を入れると、栞は恥ずかしそうに身体をよじった。何も言わずにこちらを見るのは、先を促しているのだろうか。

「いい？」

「……聞か、ないで」

栞は真っ赤な顔を両手で覆ってしまったので、そっとブラウスをめくって、白い肌に唇を押し当てた。

「やっ、ぁ、くすぐったい」

初めてのときとは違う。栞の声が喜びにあふれている。身も心も壮吾に委ねてくれているのがわかるのだ。

なんて幸せなのだろう。世界のすべてに感謝して回りたい気持ちだった。

「ずっと、こうしたかった」

壮吾が栞の耳元で優しくささやくと、彼女もまた同様にささやく。

「私も、触れてほしかった」

ふたり目を合わせてふふっと笑う。栞が気持ちを正直に話してくれるのが、何よりも嬉しかった。

「愛してるよ」

当たり前のことを口にしたはずなのに、栞が蕩けるように顔をほころばせる。

「その言葉が、聞きたかったの」

「言ってなかった？」

栞が拗ねたようにうなずいた。その可憐な仕草に耐えられなくなった壮吾は、彼女の服を脱がしながら、余すところなく口づけを始める。

「愛してるよ、愛してるに決まってる」

唇が触れるたび、栞の身体は敏感に反応した。

「ん……ぁ……、私も……愛して、る……っ、やぁ」

身悶える栞は、壮吾の欲望を否応なく掻き立てた。ちょっと気を許すと、またなすすべもなく、快楽の波に飲み込まれてしまいそうだ。

「大事にする、から」

決意のつぶやきに応えるように、栞が首に腕を回してきた。壮吾に染められることを、彼女の熱を帯びた身体が心待ちにしている。

背徳の初夜を今こそやり直そう。お互いの情欲が溶け合う、愛に満ちた夜を迎えるのだ——。

第七章　家族旅行

　いよいよセミナー当日、ミエラハウスの社員食堂には、数十人の参加者が集まっていた。こちらの想像以上に反響が大きく、かなり早期に募集を終了したこともあり、積極的で意欲のある人ばかりだ。

「こちら資料でございます。会場ではどうぞお好きな席におかけください」

　琹は名簿を確認しながら、受付で参加者に冊子を渡していく。

　セミナーが開始されるのは、十一時から。壮吾は講演する予定なので、きっと控え室で緊張していることだろう。

「それでは時間になりましたので、始めたいと思います」

　賃貸住宅事業部の責任者から、開会の挨拶があった。参加者から拍手が起こり、皆の期待が高まっているのがわかる。

　課長と壮吾が登壇すると、本日のメイン講演が始まった。内容はミエラハウスの賃貸住宅経営や不動産活用についてだが、入念な打ち合わせ通り小難しくはない。

　時折ジョークなども交えているせいか、とても和やかな雰囲気だ。琹も後ろで聞いていたが、皆楽しそうに参加しているのが伝わってくる。

一時間弱で講演は終了し、次はミエラエレクトロニクスによる最新家電の紹介だ。二十分程度の説明後、それらを活用した料理を試食してもらう。

メニューは電気圧力鍋を使った豚の角煮と、スチームオーブンレンジを使ったカボチャのそぼろ餡、それに白米と汁物、サラダが用意されていた。

「ふむ、これはなかなか。圧力鍋だと、肉が柔らかくなりますなぁ」

「カボチャもいい味ですよ。耐熱ボウルだけでできるのは、入居者さんにとってもありがたいんじゃないですか」

そんな会話がありつつ、和気藹々としたランチが終わり、午後はバスに乗車してモデルルームの見学会だ。栞も同乗してガイドさながら説明を行う。

写真付きの資料を渡しているので、多少イメージもできていたかと思うが、現地に着くと皆興味津々だった。

「おや、ここは半個室になってるんですか？」

「はい。最近はオンライン会議も増えていますので、背景にプライベート空間が映り込むのを避けたい、というニーズにも応えています」

以前住んでいた部屋と同タイプのため、すらすらと言葉が出てくる。テレワークをしたことで、実体験に基づいた説明ができ、参加者の反応も概《おおむ》ね良好だった。

見学を終えてミエラハウスに戻ってからは、質疑応答の時間。

積極的に手があがり、結果的に閉会の挨拶を十分ほど繰り下げて、セミナーは好評のうちに無事終了したのだった。


「いやー、大成功だったね」

セミナーの片付けをしながら、課長が上機嫌で話しかけてきた。栞は書類を揃えながらにっこりと笑う。

「はい。回収したアンケートも、ざっと見た感じ好印象でした」

「ぜひ具体的な話をしたいと、営業に予約を取ってくれた方もいたよ。これは第二回、第三回とやっていきたいね」

「そうですね」

麻衣の話では公式SNSでも、次回開催を望む声が上がっているらしい。早々に募集を打ち切ってしまったので、潜在的な参加希望者はまだまだいるのだろう。

「やっぱり久賀君の力が大きかったね。あの堂々とした講演見ただろう？　ずっとうちにいてくれると助かるんだが」

課長が名残惜しそうに言うので、栞は苦笑しながら否定する。

「残念ながら無理だと思いますよ。ミエラエレクトロニクスに行ったときにも、早く帰って来てほしいと言われてましたから」

「ハハハ、だろうね。優秀な人材っていうのは、どこでも通用するし、会社が手放さないもんなんだよ」

淳と比較しているんだろうなというのは、なんとなく伝わってくる。

前触れもなく突然辞表を出し、引き継ぎもそこそこに有休消化中の淳を、課長は引き留める気はなかったのだろう。

淳にはほんの少し同情するけれど、彼自身ミエラハウスの仕事を楽しんではいなかった。すぐに退職を決めたのは、現状に不満があったからだろうし、遅かれ早かれこういう結果になっていた気がする。

「これからは佐藤さんに、広報部を引っ張っていってもらわないとね」

「いえ、そんな私は」

謙遜しかけた栞だったが、淳と壮吾がいなくなるのだから、課長も広報部の今後を憂えているのだと気付く。

「はい。精一杯頑張ります」

「頼りにしてるよ」

課長が笑ってくれたので、きっと求める答えが言えたのだろう。壮吾が職場からいなくなるのは予定通りではあるが、心細いのは栞も同じだった。

わずかな期間だったのに、喪失感を覚えるなんて。きっとミエラエレクトロニクスの社員たちも同じような気持ちだったのだろう。

壮吾がいかに人望が厚く、周囲の人々の精神的な支柱であったかがわかる。やはり彼は人の上に立つ、リーダーの素養を持った人間なのだ。

ミエラハウスが傘下に入れば、ミエラエレクトロニクスはさらに大きくなるだろう。それでも壮吾なら、きっと素晴らしい社長になれると信じている。

栞もまた妻として、立派に壮吾を支えていこうと思うのだった。

＊

セミナーの結果報告が聞きたいと言われて、ふたりは栞の実家に来ていた。書斎に通されると、清司郎は満面の笑みで迎えてくれる。

「やぁよく来たね」

「お元気そうで何よりです。こちらお父様のお好きな羊羹《ようかん》です。お母様とご一緒にまた召し上がってください」

紙袋を受け取った清司郎は、ふたりに腰掛けるよう促す。

「ありがとう。まぁ掛けなさい」

しばらくすると、敦子がコーヒーとケーキを持ってきてくれる。羊羹の入った紙袋を持って彼女が辞すると、清司郎が口を開く。

「それで、新婚生活はどうだい？」

「お父様！」

栞が非難の意味を込めて呼びかけるが、壮吾は照れもせずに即答する。

「とても素晴らしいです」

「本当かい？　栞にはそれなりに花嫁修業をさせてきたつもりだけど、お嬢様であることに変わりはないからねぇ」

「お義父さんがご心配なさるようなことは何もありません。栞さんは仕事も家庭も両立させて、本当によくやってくれています」

壮吾がそんな風に思っていたとは知らなかった。実際は彼が言うほど、ひとりですべてをこなしているわけではないのだ。

「壮吾さんがとても協力的だから、上手く回っているんです」

「僕は大したことはしてませんよ」

「私の服までアイロンがけしてくれてるのに。いいのよ、ちゃんと話してくれて」

「料理してくれてるのは、君だろ？」

「でも片付けてくれるのはあなただわ」

ふたりのやり取りを聞いていた清司郎は、クスクスと笑い始める。

「どうやら本当に仲良くやっているみたいだね。少し心配していたんだよ。嫁ぐときの栞が、浮かない顔をしていたから」

「お父様……」

愛のない政略結婚だと、あのときは思い込んでいた。壮吾に惹かれていた分、余計に形だけの夫婦になるのが辛かったのだ。

「ちょっとした誤解が、あっただけです。今は本当に幸せなんですよ。毎朝目が覚めたとき、隣に壮吾さんがいるだけで、私には十分すぎるくらい」

あけすけに語りすぎたようにも思えたけれど、清司郎を安心させたくて、栞は頬を染めつつ一生懸命に微笑む。

「そうか」

清司郎はぽつりと言い、どこか切なげに続ける。

「嬉しいんだが、なんだろうな、これは……。寂しい、のかもしれんな。栞が私の元から巣立っていった気がして」

人間味あふれる複雑な感情を吐露する清司郎は、ひとり娘を嫁にやるごく普通の父親の顔をしていた。

栞の幸せを一番に考えた上で提案しているんだよ――。

かつて清司郎が言った言葉は、ずっと真実だったのだろう。彼は壮吾が栞に相応しいと思ったから、結婚に賛成したのだ。ミエラハウスのためではなく。

「もう、お父様ったら。今日はそんな話をしに来たんじゃないんですよ。先日開催したセミナーの成果をお聞きになりたかったのでしょう?」

「あぁそうだった。報告は受けているが、担当者から直接雰囲気を話してもらいたかったんだよ」

穏やかな笑みを浮かべる清司郎は、もういつもの彼に戻っていて、ミエラハウスの社長らしくスッと姿勢を正すのだった。

「本当は、セミナーの結果報告なんて口実で、栞のことを心配していただけなのかもしれないな」

壮吾の希望で軽く邸内を案内し、最後に栞の部屋に入ってから、彼が振り返って言った。

「きっと、そうなんでしょうね」

栞は自分のベッドに腰掛け、後悔するように続ける。

「もっと早く話をしに来ればよかったわ」

淳のことやセミナーの準備など、考えることが多すぎて、両親のことにまで気が回らなかったのだ。

「いろいろあったから、仕方ないさ。遅くなったけど、これでお義父さんの気掛かりもなくなったんじゃないか」

「だといいけど……」

栞がうつむいてしまったからか、壮吾が窓の外を見ながら明るく言った。

「雪見障子なんて最近珍しいけど、粋《いき》な部屋だね。栞は子どもの頃からずっと、ここで過ごしてきたんだろう？」

「ええ。まだ数ヶ月前なのに、この部屋が懐かしく感じられるわ」

実家を出て以来、ここに来るのは初めてだが、掃除が行き届いているのは敦子のおかげだろう。

「やっぱり栞にとっての我が家は、まだこの家なのか？」

壮吾が栞の隣に腰掛け、ぽつりと尋ねた。彼がどこか寂しげで、彼女は思わず彼の腕を取る。

「そんなこと。この家は立派で、居心地だっていいけれど、私の家は壮吾がいる場所だけだわ」

栞が必死だったせいか、壮吾はくすっと笑う。

「栞は俺にベタ惚れだもんな」

「な、何よそれ」

「さっきお義父さんに言ってくれただろ？　俺だって毎日幸せだ」

栞の長い黒髪を掬《すく》い、壮吾は毛先にキスをした。直接肌に触れられているわけでもないのに、すごく恥ずかしい。

「あれは、お父様を安心させたかったから」

真っ赤になった顔を見られたくなくて、栞はぷいと視線をそらした。壮吾は髪の毛を手放すと、わざとらしくため息をつく。

「もうちょっと素直になってよ。ベッドの上以外でも、さ」

「ここもベッドの上じゃない」

「そんなこと言っていいのか？」

壮吾が栞をベッドに押し倒し、馬乗りになった。他の部屋に家族がいるのに、何をするつもりなのだろう。

「ダ、ダメよ。こんなことするために、部屋に入れたわけじゃないわ」

栞は小声で叱責するが、壮吾はカットソーの裾から手を侵入させてくる。指先が焦らすように肌に触れ、気持ちが淫らに揺らいでしまう。

「わかってるよ。俺だって栞の部屋が見てみたかっただけだ」

「だったら！」

「でも栞が意地悪するから」

壮吾がしょんぼりした声を出し、栞の心はキュンと痺れる。彼は彼女の髪を掻き上げ、額に口づけしながらささやく。

「愛してるって言葉、聞かせてよ」

「……いつも、言ってるわ」

「今聞きたいんだ」

唇と唇が重なり、服がまくり上げられる。こんなところを見られたらと思うと、怖くて仕方ないのに、背徳感と秘めた興奮で心臓がはち切れそうだ。

「ぁ、やめ、て」

「ドキドキさせちゃって……、抱かれたいのか？」

鼓動を確かめるように、壮吾がブラの上から、心臓の辺りをゆっくりと撫でた。いけないことだとわかっていながら、直接素肌に触れてほしいと思ってしまう。

「ちが、ん、やぁ」

「外に聞こえるよ？」

壮吾がブラと皮膚の境目に指を滑らせ、栞を追い詰めていく。誰に聞かれてもいい、今すぐに抱かれたいという危険な衝動が、彼女を襲う。

「もぅだめ、欲しくなっちゃう、から」

栞が泣きそうな声でつぶやくと、壮吾は真っ赤な顔を腕で隠した。身体を起こして彼女に背を向けると、突然頭を掻きむしる。

「んだよ、その破壊力……。それが言えて、愛してるは言えないとか」

別に焦らすつもりなんてなかった。ここがどこかわかっているくせに、大胆なことをしようとするから驚いただけだ。

「愛してる、わ」

栞が壮吾の背中にくっついてささやくと、彼の身体がビクッと震える。

「……今夜は寝かせないから。覚悟しておいて」

＊

今日は壮吾の送別会だった。

とは言っても、参加者は栞と麻衣、そして壮吾の三人だけ。広報部全体でも開催する予定なので、これはささやかな飲み会みたいなものだった。

「かんぱーい」

冷えたジョッキをカチンと合わせて、三人はそれぞれ口を付ける。麻衣は四分の一ほど飲んでから、ハァとため息をつく。

「やっと三人で飲めたと思ったら、これが最後になっちゃうなんて」

「セミナーが終わるまでは、ずっと忙しかったからね」

「私もテレワーク中だったし」

麻衣には悪いことをしたけれど、このタイミングでよかったとも思っている。もう少し早ければ、淳も無理矢理参加してきたに違いないのだ。

「久賀さんがいなくなっちゃうの、本当に寂しいです。ずっとうちにいてくれていいんですよ」

「そう言ってもらえて嬉しいよ」

壮吾がハハハと笑ったので、麻衣は真剣な顔をする。

「これ、社交辞令じゃないですから。ねぇ、佐藤さん」

「そうね。課長も同じこと言ってたわ」

家に帰れば壮吾がいるという状況でなければ、栞の喪失感はもっと大きかっただろう。勢い余って告白なんてこともあったかもしれない。

淳が事態を掻き回さなければ、きっと今すべてが動き出していた。

セミナーを成功させて、ふたりの距離も近づき、壮吾はプロポーズしてくれたのだと思う。まさに理想的なプランだ。

現実は予想通りにはいかなかったけれど、壮吾とふたりで窮地を乗り越えられたことに感謝している。

これから先の人生にも、必ず試練は待っている。ずっと順風満帆というわけにはいかないのだから、ある意味ではいい機会だったのだろう。

「ありがたいですね。俺もすごく勉強になりました。改めてミエラハウスの家って、いいなと思えましたし」

「わかります！　オーナー様にインタビューしてたら、広い庭で家庭菜園をされてたり、リビングから水平線に沈む夕日が見えたり、とっても素敵なんですよ」

麻衣は壮吾に同意するが、すぐテーブルに肘をつく。

「でも、予算がね……。夢はあっても、実現は難しいじゃないですか。海辺の別荘なんて、庶民にはとても無理ですし」

「まぁ別荘はね。でもオーナー様が皆、特別なお金持ちってわけじゃないわ。私だっていつかは自分の家を建てたいと思ってるけど、住宅ローンを組むつもりだし。最近はペアローンもあるでしょう？」

「だったら先に、パートナー探しですよね。久賀さんは恋人いらっしゃるんですか？」

話の持っていき方が少々強引だったけれど、麻衣はずっとそれを聞きたがっていた。もう今しかチャンスがないと思ったのだろう。しかし正直に結婚してるなんて言えるはずもなく、壮吾は苦笑している。

「えぇ、まぁはい」

「ですよねぇー」

麻衣は気が抜けたように、テーブルに突っ伏して続ける。

「なんとなく、そうかなとは思ってたんですけど。あーホントに、どこかにいい人いないかな」

「社内に気になる人はいないの？」

栞が尋ねると、麻衣は「いませんね」ときっぱり答える。

「主任でさえ、どっかの大企業の娘さんに見初められたらしいのに」

淳の話題はあまり好ましくないが、麻衣の言葉が気になって、ついつい尋ねてしまう。

「主任が自分でそう、言ってたの？」

「はい。辞めても次があるからとかなんとか。本当に退職したところを見ると、嘘じゃなかったみたいですね」

麻衣にまでそんな話をするなんて。もし栞が淳の要望に応じていたらと思うとゾッとする。きっと彼は黙っていられず、あちこちに吹聴していたことだろう。

「ま、正直主任がいなくなって、私は嬉しいですけど。きっと次の主任は、佐藤さんですね」

無邪気に微笑む麻衣を見て、栞は慌てて手を左右に振った。

「いいわよ私は、今まで通りで」

「何言ってるんですか。佐藤さんみたいな人がちゃんと評価されない会社なんて、私嫌ですよ。今までだって、佐藤さんのほうがずっと主任らしかったんですから」

力説する麻衣の言葉は、真摯に受け止めなければいけないだろう。彼女から見て、栞がしてきた仕事は認められるべきことなのだ。

「……ありがとう。もしそういう辞令があれば、謹んでお受けするわ」

栞が微笑むと、麻衣もホッとした様子でうなずく。

「あー私も頑張らないとなー。仕事も恋も」

「もしよかったら、ミエラエレクトロニクスの若い奴紹介しようか？」

麻衣のぼやきに壮吾が反応すると、彼女は一気に姿勢がよくなった。前のめりになって、彼に詰め寄る。

「本当ですか？　めちゃくちゃ嬉しいんですけど」

「じゃあ彼女欲しがってる奴に、声かけてみるよ。連絡先教えても大丈夫？」

「もちろんです。久賀さんの後輩なら、信頼のおける方だと思いますし」

その後は壮吾の送別会というよりも、麻衣の恋愛話ばかりになってしまったのだが、彼女が望んでいただろう飲み会ができて、結果的にはよかったのだと思う。

「黙っているのは心苦しいわ」

飲み会の帰り道、壮吾とふたりきりになってから、栞はぽつりとつぶやく。彼はすぐに意味を理解して、彼女の肩を引き寄せた。

「もうちょっとの辛抱だよ。来年度にはすべて公になる。俺もミエラエレクトロニクスの副社長に就任する予定だし」

「え、そうだったの？」

「以前から打診はされてたんだ。現場にいたくて断ってたんだけど、栞と結婚するなら相応しい立場でいたいからね」

壮吾の気持ちはわかるし、ありがたいとも思う。しかし明かされる事実がまたひとつ衝撃的になり、周囲への影響を考えると不安になる。

「驚かせて、しまうでしょうね……。もう普通に接してもらえなくなるかも」

いつか打ち明けるつもりだったなら、栞も覚悟はできていただろう。しかし彼女はミエラハウスで働く以上、ずっと誰にも話す気はなかったのだ。

「上田さんに限って、そんなことないよ。課長や他の同僚だってそうさ。栞の頑張りをよく見てくれてる。今さら社長令嬢だから、なんて思う人はいないよ」

「だったら、いいんだけど」

壮吾は栞の頭に触れ、彼のほうにもたせかけて優しく言った。

「大丈夫だよ。栞のやってきたことは、何も変わらない。主任になってほしいと望まれるほど、君はこれまで頑張ってきたんだ」

嬉しい言葉ではあるけれど、栞の中には迷いもある。壮吾と結婚しているからこそ、避けられない悩みだ。

「……壮吾は、私が仕事を続けてもいいの？」

「もちろん。もし子どもができても、俺は全力でサポートするよ」

壮吾ならそう言ってくれるだろうと思っていた。でもそんなに欲張ってしまっていいのだろうか。

「ありがとう」

栞の笑顔がぎこちなかったせいか、壮吾は軽く首を傾げる。

「栞は子育てに専念したいの？　俺はそれでも構わないけど」

「まだ、決めかねているの。子どもとの時間も大切にしたいし」

スッと栞の肩から腕をおろすと、壮吾が昔を思い出すように話し始める。

「俺の母さんはずっと仕事してたよ。料理好きだったから、いつも惣菜やなんかが作り置きしてあって、食べるのに困ることはなかったけど」

「寂しかった?」

栞の問いかけに、壮吾は少し答えづらそうにする。

「そうだね。学校から家に帰っても、誰もいないのが普通だったから」

そんな想いを、ふたりの子どもにさせるべきなのだろうか。彼女はいつだって由美や敦子に迎えられてきたのに。

栞が思案顔でうつむいたせいか、壮吾は陽気に付け加える。

「でも今は俺のために辞めてくれなくて、よかったと思ってる。仕事は母さんの生きがいだったし。まぁその代わり別の後悔もあるんだけど」

「別の後悔って?」

壮吾はハッとして口を噤《つぐ》む。言うつもりのないことを、言ってしまったみたいな表情だ。彼と両親との間には、何か確執めいたものでもあるのだろうか。

以前ミエラエレクトロニクスに入社した理由を聞いたときも、壮吾は罪滅ぼしという言葉を使った。結納で会ったときには、家族仲が良さそうな印象だったのに。

しかし壮吾が話したくないなら、無理に聞き出そうとは思わない。きっと栞はまだ知る必要のないことなのだ。

「ごめんなさい、なんでもないの」

「栞、俺は」

「ねぇふたりで、旅行でもしない？」

栞はタタタと前に進み、振り返って言った。話すべき時が来たら、壮吾は自分から打ち明けてくれる。それまでは彼の苦悶するような顔は見たくなかった。

「前に壮吾が言っていた、行き当たりばったりの旅行がいいわ。一度バイクのふたり乗りをしてみたかったの」

懐かしい会話を思い出したせいか、固かった壮吾の表情がふわっと緩んだ。いつもの彼らしい顔になったけれど、すぐに首を左右に振る。

「悪いけど、それは無理だ。後ろに誰かを乗せたことないし、安全の保証ができないから」

壮吾が反対する理由が明確すぎて、ぜひにとは言えない。栞が残念そうにすると、彼はにっこり笑って言った。

「でも栞と旅行はしたい。ずっと、家族旅行に憧れてたんだ」

子どもの頃に、どこへも行かなかったのだろうか。でも両親が多忙なら、そういうことも難しかったのかもしれない。

「栞さえよければ、俺にも体験させてくれないか？　昔両親とよく行ってた、思い出の場所なんかに行ってさ」

　印象深いのは、毎年夏を過ごした長野だった。まだ栞が生まれる前からの、恒例だったと聞いている。

「中学生くらいまでは、家族三人でよく長野へ行ったわ。泊まる宿も決まっていて、避暑に行く感じだったんでしょうね」

　壮吾は目を丸くして、「はは、すごいな」と笑う。

「まさにお嬢様って感じだ」

「そんな言い方されたら、話しにくくなるわ」

「ごめん、茶化すつもりはないんだ。そういう世界もあるんだって、ちょっと驚いただけ。じゃあ行き先は、長野にしよう」

　これだけの話で決めてしまうとは思わず、栞は慌てて両手を左右に振る。

「でも今はオフシーズンよ」

「別にいいだろ？　栞も夏以外は行ったことないんじゃないの？」

「えぇまぁ」

「だったらむしろ新たな発見があって、楽しいかもしれない。俺に合わせるだけの旅行ってのも申し訳ないし」

冬の避暑地にこぞって行く人は少ない。空いているのは間違いないだろうし、ふたりでゆっくりするなら案外悪くない場所のような気もする。

「そうね、じゃあ長野にしましょう。宿はお父様のお知り合いの方が経営してらっしゃるから、お話を通しておくわ」

「うん、ありがとう。すごく楽しみだ」

壮吾にとって、これが初めての家族旅行になるのだろう。特別だからこそ、ふたりにとって思い出深いものにしたかった。

*

旅行には壮吾の運転する車で行くことになった。

ホテルに向かう前に、少し観光しようという話になり、日本画の巨匠によって描かれた有名な池に向かう。

幸い天気はよかったけれど、辺り一面は白銀の世界。

道路に雪は残っているし、路面が凍結しているところもある。スタッドレスタイヤに交換していなければ、かなり危険だっただろう。

駐車場に車を駐め、外へ出るとキンと澄んだ空気に包まれる。夏であれば冷涼な風が心地よいのだろうが、今の時季はひたすらに寒い。

「凍えてしまいそうね」

「あぁ、でも静かでいい。まるで世界にふたりだけになったみたいだ」

栞と壮吾は寄り添って、真っ白な遊歩道を歩き始める。

雪景色に包まれた池は、まさに絵画のようだった。合わせ鏡となった水面に、白く凍った樹木が映り込み、透明感のある幻想的な風景を作り出している。

「霧氷ね……。深緑の頃とは、また全然違う趣があるわ」

「こういう景色を絶景って言うんだろうな。本当に美しい」

ふたりの間に静謐《せいひつ》な時間が流れる。観光客がいないからこそ、凜とした凍《い》てつくような空気がこの場を支配しているのだ。

この独特な静けさを持つ世界は、今だからこそ体験できる。これぞ冬の醍醐味《だいごみ》で、初めての旅行にはとても相応しいと思えた。

「っ、クシュン」

素晴らしい景色ではあるけれど、身体はどんどん冷えていく。クシャミをしてしまった栞を、壮吾が背中から抱いてくれた。

温もりが伝わって心地いいものの、気恥ずかしさのほうが勝る。ここは誰が来てもおかしくない場所なのだ。

「もう、戻りましょうか？」

栞の問いかけに、壮吾は首を左右に振った。

「まだこのまま。こうしてたら、寒くないだろ？」

「……でも、人に見られたら」

「この素晴らしい光景を目にしたら、他人の姿なんて目に入らないよ」

壮吾は耳元でささやきながら、栞の身体をさらに強く抱き締める。

「生まれて初めての体験を、栞と一緒にできたのがすごく、嬉しい」

「私もよ。きっと一生忘れることはないわ。世界の美しさも、あなたの温もりも」

栞が壮吾を見上げると、彼は顔を近づけてきた。照れはあったけれど、彼女は彼の唇を受け入れる。

「ん……ぁ、……っ」

触れるだけの口づけだと思ったのに、壮吾の舌先が栞の唇を開いた。お互いの舌がゆっくりと絡まり、身体の奥が熱くなってくる。

この神々しいばかりの風景を前にして、あまりにも淫らなキスだった。気持ちは拒んでいるのに、情熱的な舌先の愛撫に流されてしまう。

身を切るほどの寒さは変わっていないけれど、少し汗ばんできた。唇だけじゃなく、もっと深く繋がりたい。全身で壮吾を感じたいと思う。

外にいながら、こんな欲望を抱いてしまうなんて。どんどん妄想がエスカレートしていくようで、栞は堪らずに声を上げた。

「待っ、て」

「温かくなった?」

壮吾は無邪気に笑いながら、存外あっさり身体を離してくれる。

「え、ぁ、そぅ、ね」

もしかして興奮していたのは栞だけ、だったのだろうか。自分ばかり壮吾を求めている気がして、ひどく恥ずかしい。

「そろそろホテルに行こう。早く続きがしたい」

さりげなく腰に手を回され、栞は真っ赤になってしまう。

「そういうこと、口にしないで」

「栞は嫌?」

じっとこちらを見つめる瞳は、少年のように純粋で、質問の内容と全然噛み合っていない。それがかえって魅力的で、アンバランスさにドキドキする。

「……嫌じゃない、けど」

壮吾は嬉しそうに微笑み、軽く額にキスをした。

駐車場まで戻って、車に乗り込みホテルに向かう。途中でメインストリートにさしかかったのだが、営業している店がたくさんあって驚く。

「冬でも、結構お店が開いているのね」

「このへんはウインタースポーツが盛んだから、そのせいじゃないかな？」

人気のゲレンデもあれば、天然氷のリンクもある。最近はカーリング施設もできたそうだから、最早避暑だけの場所ではないのだろう。

「戦前からの別荘族もたくさんいるもののね。最近は夏だけじゃなく、冬もこちらで過ごすのかもしれないわ」

「戦前か……、歴史ある街なんだな」

「元々は外国人宣教師が拓《ひら》いた場所ですもの。ホームパーティーも盛んだから、都会と変わらない食材が揃うし、高級シャンパンがコンビニで買えるわ」

壮吾はハンドルを握ったまま、大きく目を見開く。

「そりゃすごいな」

「これから行くホテルも、宿泊施設というより別荘なの。貴族のお屋敷みたいで、素敵なところよ」

「へぇ、楽しみだ」

市街地を抜けて山を登った先に、目的地はあった。

ここに来るのは十年ぶりくらいだけれど、まったく古びていない。むしろ時が経つほどに、味わいを増しているようだ。

「確かにこれは、ホテルじゃないな」

門前に立った壮吾は、まるで異国へ来たかのような雰囲気に感嘆の声を上げた。よく手入れされた中庭の向こうには、本物の洋館が建っている。

「そうでしょう？　中に入れば、もっと驚くわよ」

ステンドグラスの嵌《は》まった扉を開けると、温かい空気に包まれる。暖炉で火が燃えているのだ。

天井からは繊細にカットされたクリスタルのシャンデリア。マントルピースの上にはゴールドフレームのミラーが飾られている。

「いらっしゃいませ」

スタッフの男性が近づいてきて、チェックインを済ませた。部屋はメゾネットタイプで、専用のテラスもある。

グレーグリーンを基調とした寝室には、重厚感のあるベッドが置かれ、洗練されて落ち着いた空間を作り出している。

「ここが日本だなんて、信じられないな。燃えてる暖炉なんて、初めて見たよ。栞もそうだろ？」

ベッドに腰掛けた壮吾が、興奮冷めやらない様子で言った。

「このあたりじゃ夏でも、気温が下がった日には暖炉を焚くのよ。湿度も高いから、屋内の湿気を飛ばす役割もあるの」

「そうなんだ。何度も来てるだけのことはあるな」

壮吾が感心したようにうなずき、栞は彼の隣に座る。

「もう随分来ていないけどね。久しぶりに来られてよかったわ。ほとんど変わってなかったのも嬉しかった」

「栞はどう？　こういうアンティークな洋館風の家は？」

「どうって、どういうこと？」

「自宅にするのはどうかなって、意味」

突然どうしたんだろうと思いつつ、栞は素直に思ったことを答える。

「少し雰囲気がありすぎる、かな？　毎日暮らすなら、やっぱり実家みたいな家がいいわ」

「そうか、うん、そうだね。佐藤の家は、本当に居心地がよかった」

独りごちていたかと思うと、壮吾はにっこり笑って言った。

「じゃあ、あんな家を建てよう」

「え、今？」

「いつか家を建てたいって、前に言ってただろ？」

確かに言った。麻衣と三人で飲んでいたときだ。

「言ったけど、いつか、でしょう？」

「今じゃダメな理由は？」

そんなことを聞かれるとは思わなかった。理由なんて特にない。

子どもが生まれてから、就学してから、いろんなタイミングを考えて、ただ漠然といつか、と思っていただけだ。

「ダメってわけじゃないんだろうけど」

「だったらいいだろ？　俺さ、自分だけの落ち着ける家が、ずっと欲しかったんだ」

壮吾が栞の身体を引き寄せ、肩を抱いた。彼の手はなぜか震えていて、それを抑えるように力が込められる。

「俺、家族旅行したことないって言ったただろ？」

「え、えぇ」

「それは両親が忙しかったのもあるけど、俺が意地を張ってたせいでもあるんだ。本当は寂しかったくせに」

後悔の滲む、絞り出すような声で、壮吾は続ける。

「わざわざ全寮制の高校を選んで、急いで大人になろうとしてた。もう両親とは一緒に暮らせないと思い詰めてたんだ」

誰にだって思春期はある。家を出たいと考えることもあるだろう。でも壮吾の言葉にはもっと深刻で、切実な響きがあった。

家族仲は決して悪くはないようだったのに、どうして——？

疑問はあったが口にするのは憚られた。今もまだ、壮吾は言うべきかどうか迷っているように感じられたからだ。

「言いたくなかったら、言わなくていいのよ？」

しばらく沈黙が続いたあと、琹は静かに言った。しかし壮吾は、強く首を左右に振った。

「いや、俺は栞に聞いてほしいんだ」

ハッキリ答えてから、それでも栞のほうを見ることはできずに、壮吾は真っ直ぐ前を向いて告白した。

「……父さんのこと、本当の父親じゃないんじゃないかって、疑ってたんだよ」

衝撃的な言葉を聞いて、とっさに声が出なかった。

「どうし、て」

やっと出た言葉に、壮吾は泣き笑いみたいな顔で答える。

「俺さ、小さい頃に父親は死んだって聞かされてて。後から結婚して本当の父親だって言われても、どっかで信じ切れなかったんだ」

壮吾の両親には、すぐに籍を入れられない何かしらの事情があったのだろう。それを詮索する気はないけれど、多感な少年時代の彼を思うと胸が痛い。

本当の父親がそこにいるのに、疑念を抱いてしまうなんて、こんなに悲しいことはない。幼い壮吾が抱えるには、あまりにも大きすぎる悩みだ。

「ご両親には詳しく聞かなかったの？」

「聞いても誤魔化される気がしてね。……代わりに手が出てしまった。父さんを突き飛ばして骨折させて。怪我は大したことなかったけど、ミエラエレクトロニクスの事業計画に後れが出た」

　栞が口を開く前に、壮吾は勢いよく捲し立てる。

「本当、最低なんだよ俺。自分が情けなくて、これまでずっと後悔してきた。そのくせ栞には打ち明けられなかったんだ」

　そこで壮吾は息を吸い、ゆっくりと項垂れる。

「……軽蔑、される気がして」

「するわけないじゃない」

　栞は間髪容れずに答え、壮吾の手を握った。

「全部過去のことでしょう？　ちゃんと和解できたから、今の壮吾とご両親がいい関係を築けているんだわ」

「過去って言えるほど、昔の話じゃないよ。それに自分から和解しようとしたわけでもない」

　壮吾は自虐的な微笑みを浮かべて、悔やむように続けた。

「ミエラエレクトロニクスへの入社を打診されたとき、口を滑らせただけなんだ。本当の息子じゃないのにいいんですか、って」

　その場面を思い浮かべるだけで、心臓がギュッと掴まれるようだった。

壮吾の両親にとっては驚愕の事実だったろう。まさか我が子が血の繋がりを疑っているとは、想像すらしなかったはずだ。

「すごく傷つけたと思う。ふたりとも口には出さなかったけどね」

だから罪滅ぼし、なのだ――。

壮吾にとって、ミエラエレクトロニクスという企業を発展させていくことは、父親への償いなのだろう。

「私たちの家を建てましょう」

栞はキッパリと言い、壮吾の胸に顔《かお》を埋めた。両手を背中に回し、しっかりと強く彼の身体を抱き締める。

「ふたりで温かくて幸せな家庭を作れば、きっとご両親も安心してくれるわ」

「……ありがとう」

壮吾はギュッと栞の身体を抱き返してから、うやうやしく彼女の左手を取った。ポケットから指輪を取り出し、薬指に嵌める。

「遅くなったけど、婚約指輪を受け取ってほしい」

大粒のダイヤモンドが、小さなダイヤモンドで縁取られた煌《きら》びやかなリング。栞の細く白い手に燦然《さんぜん》と輝いている。

栞は感激して何も言えなかった。夢に描いていたような瞬間が、こんなにも突然訪れるなんて思ってもいなかったのだ。

「気に入ってくれた?」

「は、い……本当に、嬉しい……」

目尻の涙を拭う栞を見て、壮吾が安堵のため息をつく。

「よかった。ビックリさせたくて、ひとりで選んだから、ちょっと心配だったんだ」

「愛する人が選んでくれた指輪なら、どんなものでも構わないわ。もらえることが一番の喜びだもの」

栞は両手を重ねて胸に抱き、壮吾に微笑みかける。彼はなぜか目をそらし、頭を抱えるようにして下を向く。

「可愛いな、栞は。可愛すぎて、俺……、あぁもう、ごめん」

「きゃ」

ふいに壮吾が栞をベッドに押し倒した。目が合うとさすがに恥ずかしそうにして、でも我慢できずにカーディガンのボタンに指を掛ける。

「続き、してもいい?」

「……するつもりのくせに」

栞が上目遣いで言うと、壮吾は彼女を離した。無理しているのが見え見えのまま、ぶっきらぼうにつぶやく。

「じゃあ止める」

壮吾は栞に背を向けてしまい、彼女はクスクス笑いながら彼の首に腕を回した。

「嫌なんて、言ってないわ」

「がっついてると、思ってるんだろ？」

「ちょっとは、ね」

「ほら。俺ばっかり栞を抱きたがってるみたいで、めちゃくちゃ格好悪い」

顔を背けて拗ねたような仕草をする壮吾が、とても愛おしくて、栞は彼の耳元で優しく言った。

「格好悪くなんてないわ。私だって……同じだもの」

「だったら言葉で教えてくれよ」

壮吾が栞の腕を解いて振り返った。情熱的な瞳に見つめられると、それだけで身体が甘く疼く。

「壮吾と、繋がりたい」

思わず目をそらすと、壮吾は栞の頤を掴んで言った。

「もう一度、俺の目を見て」

「ゃ、そんなの、無理よ」

今だってものすごく恥ずかしかったのに、また口にするなんて。

「だったら俺が言うよ。これから栞をどうしたいか」

壮吾は栞の胸元に触れながら、ゆっくり顔を近づけてくる。

「さぁ、想像して」

熱っぽい瞳で、壮吾が口を開く。

「まずはカーディガンを脱がせて、次はスカートかな？　黒いタイツはそのまま、ブラウスはボタンを上から三つだけ外して」

「止めて、聞きたくない」

真っ赤になった栞の額に自分の額をくっつけた壮吾は、楽しそうな様子でそのまま彼女をベッドに横たえる。

「じゃあ実際にやってみせてあげる」

壮吾はさっきの言葉通り、栞をブラウスと黒タイツだけの姿にした。彼女の鎖骨にキスをして、「セクシーだよ」とつぶやく。

「恥ずかしい、わ」

「裸になるより？」

クスクスと愉快そうに笑うと、壮吾は自らセーターとワイシャツを脱ぎ、上半身裸になった。逞しくしなやかな胸板を見せつけ、栞の身体を服の上から撫で回す。

「ちょ、ゃめ」

「直接触れられないのがもどかしいけど、かえって興奮するな……」

壮吾が甘くささやき、彼の指先が栞の胸元を引っ掻く。いっそ脱がせてほしいと思うけれど、そんなことはとても言えない。

「こんなの、いや」

精一杯の言葉で伝えようとするけれど、壮吾は意地悪く笑うだけだ。

「ちゃんと口に出して？　どうしてほしい？」

「ぁ、ぅ、だって」

口ごもる栞を見て、壮吾は熱い手のひらを彼女の腰に押しつけた。臀部から太ももへジリジリと下がり、彼女を淫らに責め立てる。

「ゃ、だめ、脱が、せて……」

堪らずに栞が口走ると、突然壮吾の愛撫から解放された。

唇が重ねられたかと思うと、驚くほどの素早さで下着姿にされる。ブラのホックが外され、壮吾の大きな手が膨らみに伸びた。

「愛してる……栞が欲しくて、自分で自分を止められない……」

肌と肌が直に触れると、壮吾のやけどしそうなほどの熱が伝わってくる。こんなにも求められていることが、堪らなく幸せだった。

「止めないで、私も愛してる。お願い、私を離さないで」

栞が壮吾を掻き抱くと、彼は彼女を慈しむように何度も愛をささやいた。世界にはこれ以上の愛はないと思えるほどに。

＊

新年度になり、いよいよミエラハウスの傘下入りが発表になった。

それに伴い、ミエラエレクトロニクスの副社長から挨拶があるということで、オンラインで総会が行われる運びとなった。

広報部は運営を命じられており、もちろん栞もスタッフとして総会の準備に追われている。

「まさか、久賀さんが副社長になるなんて」

マイクの調整をする麻衣が、プログラムを見ながらため息をついた。

「上田さんったら、それもう五度目くらいよ」

栞が笑ってたしなめると、麻衣が難しい顔で腕を組む。

「衝撃が大きすぎるんですよ。だってついこの間まで机並べて仕事してたのに、もう完全に別世界の人なんですから」

麻衣の言葉に胸がズキンとする。壮吾は傘下入りの説明を行ったあとで結婚を発表すると言っていた。そのときは壇上に呼ばれるはずだし、彼女がさらにショックを受けるのは間違いなかった。

「仕事ができて、イケメンで、社会的地位もあって。あんなに完璧な人って、この世に存在するんですね。飲み会したのも信じられないくらいですよ」

栞はそんな壮吾の妻、なのだ。麻衣から妬まれるかもしれないし、黙っていたことを非難されるかもしれない。これまでいい関係を築いてきただけに、麻衣の栞を見る目が変わってしまうことが怖かった。

「あ、ねぇ、久賀さんに紹介してもらった人とは最近どうなの？」

普段はあまりプライベートに干渉しない主義だが、今は話題を変えたかった。正式な発表までは、よき先輩でいたかったのだ。

「実は最近、お付き合いを始めたんですよ」

麻衣は頬を染めて嬉しそうに笑う。もしかしたら、栞に聞いてほしかったのかもしれない。

「そうなんだ、よかったじゃない」

「はい。初めてお会いしたとき、私緊張して飲みすぎちゃって」

「え、大丈夫だったの？」

また泥酔したんじゃないかと心配していたら、麻衣は案の定「大丈夫じゃありませんでした」と笑う。

「でもすごく親切な方で、介抱して家まで送ってくださったんですよ。……佐藤さんみたいだなって思って、信頼できる気がしたんです」

照れる麻衣を見ていると、こちらまで喜ばしい気持ちになる。しかし総会が終われば、その態度も一変してしまうかもしれないのだ。

「さて、と。じゃあおしゃべりは、これくらいにしときましょうか。あと数時間で始まるわ」

「はい、そうですね」

作業に戻っても、不安で手が止まる。自分がこんなに臆病だったとは知らなかった。

壮吾の大丈夫だよという言葉だけが、琹を支えてくれていた。

「今年度から、ミエラエレクトロニクス副社長に就任いたしました、久賀壮吾です。よろしくお願いいたします」

総会が始まり、壮吾が壇上で話し始める。この日のために仕立てた、ダークスーツを着用した彼は、凛々しくて目を奪われてしまう。

「今回ミエラハウスが傘下に入ることになり、驚かれた方も多いかと思います。過去には様々な経緯がありましたが、両社は事業協力を経て、信頼関係を築き上げてきました」

ここで壮吾の後ろに、業績推移グラフが示される。

「最新家電を標準装備した賃貸住宅という新サービス事業は、堅調に推移しております。社会貢献という企業理念は両社共通の認識であり、今後も双方の強みや特長を活かして、連携を強めていきたいと考えています」

その後はしばらく、ビジネス展開の具体的な話があった。壮吾は副社長として、大きなビジョンを持っているのだ。

「最後になりましたが」

壮吾がこちらを見たので、栞はゆっくりと歩き出す。周囲がざわつく中、彼女は壇上に上がる。

「このたび、私、久賀壮吾はミエラハウス社長のご息女、佐藤栞さんと結婚することになりました。この結婚により両社の結びつきを、さらに強固なものにできると確信しております」

栞は壮吾からマイクを受け取り、堂々と挨拶をする。

「ご紹介に与《あずか》りました、ミエラハウス広報部の佐藤栞です。未熟なふたりではございますが、今後ともご指導ご鞭撻のほど、よろしくお願いいたします」

場がしんと静まり返っていた。しばらくして、総会運営メンバーからの、大きな拍手が沸き起こる。

締めの挨拶を終え、ふたりが壇上を降りると、皆が一斉に駆け寄ってくる。

「いやー、びっくりしました」

「社長の娘さんだったなんて、全然気がつきませんでしたよ」

「ここ最近で、一番の爆弾発言でしたね」

大勢が口々に驚きを語る中で、麻衣が栞の両手を取った。

「佐藤さん、仕事辞めちゃうんですか！」

麻衣を驚かせる事実が、幾つも明らかになったのに、彼女が真っ先に聞きたいことはそれなのだろうか。栞は戸惑いながら笑顔を作る。

「辞めないわ。仕事が好きだもの。もし子どもができても、育児休暇を取って、また戻ってくるつもりよ」

「よかった……」

へなへなとその場に座り込む麻衣を見て、栞は胸が熱くなる。何も心配することなんてなかったのだ。

たとえ社長令嬢でも、壮吾の妻でも、麻衣にとって栞は栞。そう思ってもらえることが、心の底から嬉しかった。

ふたりの様子を見守っていた壮吾が、こちらを見て微笑んでいる。

だから言っただろと、今にも口にしそうな様子で——。

エピローグ

ここは新居のバスルームだった。

中庭に向かって大きな開口部を設けていて、屋外の爽やかな風が入ってくる。窓には電動でブラインドが降りるので、外からの視線も気にならない。

バスタブはインテリアのことも考えて置き型を選んだ。外側はモザイクガラスになっており、オーバルの形も可愛らしい。

床はコルクタイルなので滑りにくく、保温性も高い。身体を洗うためにシャワールームに移動するときも安心だ。

栞は衣服を脱ぎ、アクリル製のバスタブに足を差し入れた。

ゆったり全身を伸ばして目を閉じる。この浴室はただ身体を清めるだけの場所ではなく、心地よくリラックスするための空間だった。

閑静な住宅街に建っているせいか、外の音も静かで、時折鳥の声が聞こえるだけ。お風呂に入るだけで、毎日気持ちがリセットできる。

「俺も一緒に入っていい？」

目を開けると、上半身裸の壮吾が悪戯っぽく笑っている。

「ちょ、やだ」

栞は思わず身体を縮めた。お風呂のお湯は透明で、気の抜けた顔や身体を晒してしまっていたのだ。

「もう、来るなら声をかけてほしいわ」

「栞の癒やされた顔が見たかったんだよ。ねぇ、いいだろ？」

首筋にキスされると、身体の奥がキュンと疼く。栞は壮吾から目をそらすようにして、できるだけ素っ気なく言った。

「……どうぞ」

「ありがとう」

壮吾は恥ずかしげもなくすべて脱ぎ去り、栞の向かいにその逞しい肉体を沈めた。この浴槽は大人ふたりが入っても十分な広さがあるし、オーバーフローにも対応しているので、お湯があふれる心配もない。

「ここは本当に落ち着くよな。埋め込み型の普通の風呂にしないって言ったときは、ちょっと不安だったんだけど」

「バスタイムは贅沢な時間にしたかったの。本を読んだり、バスキャンドルを灯したり」

「こだわりたいのはわかるよ。家の風呂に入ったら、疲れが取れるし。だけど」

こちらにグッと顔を近づけた壮吾は、ちょっと拗ねて続ける。

「栞の風呂は長くて、待ち切れない」

「それ、は、その、ごめんなさい」

栞が目を伏せると、壮吾が顔をのぞき込んできた。そのまま唇を重ねて、ささやくように言う。

「謝らなくていいよ。待たないことにしたから」

「え？」

壮吾は栞の両頬を手のひらで包み、身体をピッタリと重ね合わせた。湯船の中のせいか、いつもより密着度が高い気がする。

「ここでしよう」

大胆な発言と共に唇がキスで塞がれた。拒もうとしても狭い浴槽では、逃れることもできない。

「嘘、ゃ、ダメ」

「あんまり大きな声は出さないで。窓は開いてるんだろ？」

人差し指を唇の前に立て、壮吾はにこっと笑う。

「じゃあこんなことやめて。お風呂の中なのよ？」

栞は小声で注意したけれど、壮吾は楽しそうに彼女の腰に手を回す。

「そのうち、やめてほしくなくなるよ」

壮吾が一糸まとわぬ栞の身体を、指先で舐めるように撫でた。彼の唇が栞の柔肌を食み、頬や首筋鎖骨まで、何度も執拗にくすぐっていく。

「ちょ……ぁ、ん……っ」

「我慢する声いいね。すごくそそられる」

耳元で壮吾がささやき、舌先が耳朶を突いた。

「ゃ、ぁ、ぅ」

感度がいつも以上に高まり、呼吸が荒くなる。身体が熱く火照って、もっと刺激が欲しくなる。

「これ以上はのぼせちゃうかな？」

壮吾はするりと栞を離し、先に湯船から出てしまう。彼の誘うような瞳を見て、彼女も浴槽を出る。

「壮、吾……？」

もう終わりなのと聞く前に、壮吾は栞の後ろに回り、そっとシャワールームのほうへ向かわせた。

栞がシャワールームの壁に手をつくと、壮吾はゆっくりと慎重に腰を引き寄せる。濡れた身体がしっとりと重なり、ぞくんと痺れた。

「……やめる？」

こんな場所で、こんな体勢で。いけないとわかっているのに、栞は首を左右に振っていた。


ベッドの上で天井を見ていると、ぼんやりと意識が遠のくようだ。激しく求め合ったのが嘘のように、今はただ手を繋いで横になっている。

「最近の栞、積極的だよな」

「私のお風呂タイムに乱入してきた、あなたが言うの？」

「それは、ごめん」

壮吾は素直に謝ると、栞の長い髪を掻き上げながら続けた。

「俺はいつでも抱きたいからさ。栞も気持ちいいなら嬉しいんだけど？」

栞が同意したら、壮吾はもっと過激な行動に出そうだ。でも嘘はつけなくて、ギュッと手を握る。

「言わなくても、わかるでしょう？」

「わからないな」

壮吾が繋いだ手を引き寄せて、唇を押しつける。

「ハッキリ言ってよ」

「今日みたいなことが、毎日だったら困るもの」

「毎日じゃなかったらいいいんだ？」

狡い質問だと思うけれど、栞は頬を染めてコクンとうなずく。壮吾は安堵したように笑って、栞の手を離した。

「あー、よかった。ちょっと調子乗りすぎたかと思って心配してたんだ」

両手で自分の顔を覆う壮吾は、なんだかちょっぴり可愛らしい。

「反省はしてくれたほうがいいわ。私はひとりでゆっくり、お風呂に入るのが好きなんだから」

「もう邪魔しないよ」

壮吾は栞の腰に両腕を回すと、真っ赤な顔で恥ずかしそうに続ける。

「でもさ、またシャワールームでしていい？　めちゃくちゃよかったんだ。意識が飛ぶくらい」

面と向かってねだられたら、栞も正直な気持ちを話すしかなかった。彼女は壮吾の耳元に口を寄せると、ごく小さな声で言った。

「私も、気を失いそうだったわ」

ふいに壮吾が身体を起こし、栞を組み敷いた。

「え、ちょ、何？」

「そんなこと言われたら、またスイッチ入っちゃうだろ？」

「待って、さっきあんなに」

栞は壮吾の腕から逃れようとするけれど、彼の力が強すぎて身体を押さえ込まれてしまう。

「俺はいつでも抱きたいんだって。今夜はもういいかなと思ってたけど、やっぱり寝かせられそうにないよ」

壮吾は愛おしそうに栞を見つめ、着たばかりのパジャマのボタンを、手早く外していくのだった。

＊

今日は壮吾に報告があった。

実は数日前に検査薬で妊娠がわかっていたのだけれど、改めて産婦人科に行き確認が取れたのだ。壮吾にすぐ話をしなかったのは、もし間違いだったときガッカリさせてしまうと思ったからだった。

壮吾はふたりの子どもを待ち望んでくれている。本当に心から。

副社長に就任したばかりで忙しいはずなのに、できるかぎり栞との時間を取ってくれるのは、そういう意味もあるのだ。

なのに子どもが欲しいとは、あまり口にしない。栞のプレッシャーになってはいけないと思っているのだろう。

栞に仕事を続けたいという意思があることを、壮吾はよく知っている。

新年度から栞も主任になり、多忙ながらも充実した日々を送っていた。麻衣もこれまで通り慕ってくれ、周囲からの扱いも以前と変わりない。

自分はすごく恵まれていると思うし、だからこそ期待に応えたいとも思っている。妊娠が判明してその気持ちはより強くなった。

仕事と家庭をきっちり両立させる。ミエラハウスは働く女性を応援する企業だと、対外的にもアピールできるチャンスなのだ。

もちろん母親になれることはものすごく嬉しいし、壮吾との子育ても楽しみでならない。腕によりをかけて夕食を作ったのも、ほとばしる喜びの表れだった。

メニューは彩り鮮やかなちらし寿司と具だくさんの茶碗蒸し、野菜の天ぷらとはまぐりのお吸い物まである。

「うわ、なんかあった？　すごいごちそうだね」

玄関から真っ直ぐリビングにやってきた壮吾は、食卓の上を見て目を丸くする。

「余裕があったから頑張ったの」

「最高に美味そう。急いで着替えてくるよ！」

弾んだ声の壮吾が、バタバタと洗面台に向かった。テンションの上がった彼を見ていると嬉しくなるが、今日はさらに喜ばせることができる。

栞はどんな風に切り出そうかと、ワクワクしながら壮吾が戻るのを待った。

「さぁ一緒に食べよう」

壮吾は両手を擦りながら、席に着いた。栞を真っ直ぐ見つめると、両手をテーブルについて頭を下げる。

「仕事も忙しいのに、こんな手の込んだ料理。本当にいつもありがとう」

「今日は会社を休んだの」

栞の言葉を聞いて、壮吾は怪訝な顔をする。

「え、そうなのか？　でも、今朝行ってくるって」

「産婦人科に行ったのよ」

壮吾がパカッと口を開けて固まってしまった。その顔が面白くて、栞は笑いながら続ける。

「子どもができたの。私たちの子どもよ」

「どうしよう、俺」

急に立ち上がった壮吾が、口に手を当てて青い顔をしている。予想外の反応に、栞は慌ててしまって彼に近寄る。

「どうかしたの？」

「いや、だって栞が妊娠してたのに、毎晩求めて。しかも結構激しかったし」

何を心配しているのかと思ったら。あまりにも深刻な壮吾がおかしくて、栞はついつい噴き出してしまう。

「ふふっ、やだ、大丈夫よ。お医者様も順調だっておっしゃってたわ」

「本当か？　それならいいんだけど」

まだオロオロしている壮吾を安心させるように、栞は彼の身体を抱き締める。

「もぅ、ビックリしたじゃない。飛び上がって喜んでくれると思ってたのよ？　ふたりでお祝いしたくて、ごちそうも作ったのに」

栞の温もりを感じて、やっと壮吾も落ち着いたみたいだった。彼女の背中を優しく撫でながら、感慨深げにつぶやく。

「もちろん嬉しいよ。嬉しいに決まってる」

「これから家族で、たくさんいろんなことをしましょう。とっても楽しみだわ」

「あぁ、本当だ」

壮吾の瞳は潤んでいた。感極まってしまって、言葉にならない様子だ。いつもの彼ならもっと全身で喜びを表し、大げさなほど言葉を並べたと思う。

でもそれができないほど、嬉しいのだ。

染み入るような感動が壮吾を満たし、少しずつ彼を現実に引き戻し始める。

「俺、父さんとキャッチボールがしたかったんだ」

壮吾がぽつりと言い、栞はにっこり笑う。

「いいわね。ボールとグローブを買っておきましょう」

「あと、釣りもしてみたかった。湖畔のキャンプ場に泊まって、釣った魚を食べるんだ。それから一緒に登山を」

そこから先は、嬉し涙で言葉にならなかった。壮吾が意地を張ってできなかった、いろんなこと。必ず全部できるし、絶対実現するつもりだ。

「きっと毎日が宝物になるわ」

「こんなに幸せなことってあるんだな。全部栞のおかげだ。本当にありがとう」

壮吾は栞の身体をいたわりつつも強く抱きしめてくれ、ふたりは笑顔で再び食卓についたのだった。

あとがき

こんにちは、水十草です。

早いものでマーマレード文庫様から出させていただく書籍も、四冊目となりました。

これもひとえに読者の皆様のおかげです。本当にありがとうございます。


今回のテーマは政略結婚ということで、ヒロインはキャリアウーマンな社長令嬢になりました。仕事ができて、美しく、凜とした栞はまさに私の憧れです。理想の女性を書けて、執筆中はとても楽しかったです。

一方ヒーローの壮吾は、かつてシークレットベビーだったという設定。御曹司でありながら庶民的な部分も持っていて（そこが結構気に入っています）、意外と王道のオフィスラブになったなあと個人的には満足しています。

また本作では栞に横恋慕する淳が出てきますが、とことん嫌な奴を書こうと意気込んでいましたので、担当編集のK様に「最低男振りに、全く同情心が湧きません」と言っていただけて、すごく嬉しかったです。

いつになく波瀾万丈な物語になり、純情なふたりはお互いを思いながらも、すれ違ってばかりですが、読者の皆様にはハラハラドキドキしつつ、恋模様を楽しんでいただければ幸いです。

最後になりましたが、本作の出版にあたりお力添えをいただきました、マーマレード文庫編集部様をはじめとする、多くの関係者の皆様に感謝申し上げます。

そして担当編集のK様、今回も数多くの的確なご助言をいただきまして、誠にありがとうございました。アドバイスのひとつひとつが納得することばかりで、私以上にキャラクターたちを理解してくださり、いつも本当に感謝しております。

また本作の表紙はさばるどろ様に描いていただきました。ラフの時点でも大変美しいと思っていたのですが、完成したイラストはさらに素晴らしいものでした。甘く愛おしげな壮吾の視線にときめきますし、純真な栞の艶っぽい表情も素敵で、大変感激しました！　美麗なふたりを誠にありがとうございます。

それではまた、次作でお目にかかれますように……。

水十草《みずとくさ》

マーマレード文庫

離婚を申し出たら、政略御曹司に
二十年越しの執着溺愛を注がれました

2022年12月15日　第1刷発行　定価はカバーに表示してあります

著者　水十 草　©KUSA MIZUTO 2022
発行人　鈴木幸辰
発行所　株式会社ハーパーコリンズ・ジャパン
東京都千代田区大手町1-5-1
電話　03-6269-2883（営業部）
0570-008091（読者サービス係）
印刷・製本　中央精版印刷株式会社

Printed in Japan ©K.K. HarperCollins Japan 2022
ISBN-978-4-596-75747-0

m a r m a l a d e b u n k o